KB191323

나는
장성택
입니다

나는 장성택입니다 1 (큰글씨책)

초판 1쇄 발행 2018년 10월 15일

지은이 정광모
펴낸이 강수걸
편집장 권경옥
펴낸곳 산지니
등록 2005년 2월 7일 제 333-3370000251002005000001호
주소 부산광역시 해운대구 수영강변대로 140 BCC 613호
전화 051-504-7070 | 팩스 051-507-7543
홈페이지 www.sanzinibook.com
전자우편 sanzini@sanzinibook.com
블로그 http://sanzinibook.tistory.com

ISBN 978-89-6545-554-7 04810
978-89-6545-553-0 (세트)

* 책값은 뒤표지에 있습니다.
* 이 도서의 국립중앙도서관 출판예정도서목록(CIP)은 서지정보유통지원시스템 홈페이지(http://seoji.nl.go.kr)와 국가자료공동목록시스템(http://www.nl.go.kr/kolisnet)에서 이용하실 수 있습니다.(CIP제어번호: CIP2018031617)

큰글씨책

나는 장성택입니다 1

정광모 소설

산지니

차례

외출

그랬다.
그 순간 나는 주벽 안의 삶이 반가워
얼른 달려가고 싶었다.

거기, 얌전히 가자. 염대석 교도관이 깍지 낀 손을 비틀며 대머리를 쏘아보았다. 대머리는 경고에도 쉰 목소리로 두 번이나 소리쳤다. 담당님. 손목이 꽉 죕니다. 대머리가 아프다는 손을 쳐들며 몸을 일으켰다. 그러자 옆 사람과 같이 묶은 끈이 당겨 그는 일어서다 도로 주저앉았다.

조용히 갈 사정은 아니었다. 포승은 단단하게 묶여 팔과 어깨를 달싹할 수 없었다. 수갑도 끝까지 채워 날이 손목을 파고들었다. 포승을 묶는 교도관은 새로 지은 교도소로 수형자 모두를 옮기는 이사에 잔뜩 긴장한 얼굴이었다. 손목에 채운 수갑에 줄을 묶고 등 뒤로 돌려 다시 매듭짓고 줄을 팔과 겨드랑이 위에서 아래로 넣어 또 결박한 포승은 상체를 옥죄었다. 빌어먹을. 이사 중에 우리가 몽땅 도주할까 봐 걱정인 모양이었다. 직업훈련 시설과 작업장비, 침구와 옷, 생활용품은 이미 옮겨 갔고 이제 마지막 남은 교도소의 자산인 수형자 차례였다. 꽁꽁 묶은 우리를 다시 둘씩 끈으로 연결한 바람에 호송 버스에 오르다가 발이 맞지 않아 넘어지기도 했다. 버스 맨 뒷자리는 교도관 4명이 일렬로 앉고 앞자리는 교도관과 경찰관이 지켰다. 경찰이 인력과 차량을 지원했고 다른 교도소에서 호송 버스를 보내 주벽 안 마당은 대기 버스가 여러 대였다.

염 교도관이 대머리에게 와서 머리를 철썩 때렸다. 90분만 참아라. 새집 가는데 그까짓 금방 아니겠어. 대머리가 고개를 움츠리며 정말 아프다니까요. 담당님, 하며 힘든 시늉을 부렸다. 염 교도관 무전기가 삑삑 울렸다. 3호 버스 32명입니다. 이상 없습니다. 그는 본부와 무전 연락을 할 때는 차렷 자세였다. 그가 운전사를 향해 말했다. 3분 뒤 출발. 벌써 여러 번 듣는 소리였으나 출발은 계속 지연되었다.

버스가 주벽 앞으로 이동해 섰다. 교도소를 바깥세상과 가르는 주벽은 흰색 페인트가 바랠 대로 바래 먹빛마저 돌았다. 탱크로 포를 쏘아도 부수는 데 몇 시간이 걸린다는 두툼한 벽이었다. 죄수는 주벽과 내벽, 사동까지 콘크리트로 꽁꽁 싼 삶이었다. 거길 이제 벗어난다. 1호와 2호, 3호 호송 버스가 함께 이동하는 모양이었다. 교도계장이 올라와 인원을 직접 세고 확인했다. 징역 살며 계장이 인원 점검하는 모습은 처음이었다. 계장과 본부와 몇 번 무전 연락이 오고 간 뒤 드디어 주벽 철문이 끼익 끅끅 힘든 바퀴 소리를 내며 열렸다. 젠장. 기름칠 좀 해두지. 버스 앞 유리창이 화안하게 밝아지며 햇빛이 쏟아졌다. 나는 고개를 들어 버스 앞창으로 문이 열리는 모습을 지켜보았다.

버스가 빠져나갔다. 오른쪽 유리창에 얼굴을 갖다 대었다. 주벽에 붙여 달아낸 경비탑이 우뚝했다. 무장한 교도관이 24시간 지키는 곳이었다. 예전에 신참 교도관은 겨울밤 경비탑의 날카로운 바람과 추위를 두려워해 폐방 시간이 지나면 죽을상이었다고 했다. 옮겨 가는 새 교도소는 경비탑 근무를 줄이는 전자감시장비를 도입해 교도관이 좋아한다고 들었다. 전자감시장비란 어떤 종류의 것일까? 감시카메라에 움직이는 사람이 비치면 자동으로 경고음이 울린다고 했던가? 교도소에 고여 지낸 사이에 신기한 기술이 많이 나온 것 같다. 주벽 정문을 빠져나온 호송버스는 다리를 건넜다. 교도소를 빙 둘러 파놓은 해자에는 풀과 꽃 하나까지 잘라버려 깨끗했다. 해자 끝은 꼭대기에 철조망을 올린 철책이었고 여기를 지나야 진정한 외출이었다. 형이 확정된 후 처음 주벽 밖으로 나가는 셈이었다. 5월 초순의 훈훈한 바람이 버스를 데우는 것 같았다. 칭칭 묶인 나도 몸이 덩달아 따뜻해지며 자유를 머금은 바람에 가슴이 울렁대었다. 교도소 주벽 안은 딱딱하고 질긴 공기였으나 거리는 부드럽고 가뿐한 공기로 넘쳐 호송 버스도 산뜻하게 승차감이 좋아진 것 같았다.

버스가 큰 도로로 내려와 교차로 신호를 기다렸다. 형 저기 봐요. 내 옆에 앉은 진식이 말했다. 나는 머리를 유리창으로 가져갔다. 버스는 철창으로 싸여 옆 유리창에 이마를 붙여야 바깥이 보였다. 붉은 미니스커트를 입은 아가씨가 횡단보도 앞에서 신호를 기다렸다. 늘씬한 다리에 작은 가방을 들고 선글라스를 꼈다. 삼삼하죠? 진식은 침을 꿀꺽 삼키며 내게 동의를 구했다. 쏟아지는 뜨거운 시선을 느꼈는지 아가씨가 선글라스를 추켜올려 버스 쪽에 시선을 주었다. 그녀는 창살이 둘러쳐진 호송버스를 향해 입술을 삐죽 내밀고는 고개를 돌렸다. 횡단보도에 신호가 들어오자 그녀는 엉덩이를 흔들며 길을 건너 금방 눈에서 사라졌다. 엉덩이 탄력 봐요. 조걸 뒤에서 탁 잡으면.

붉은 미니스커트에 검정 하이힐. 지난날 그녀가 좋아한 차림이었다. 그녀가 그렇게 길을 나서면 남자 시선이 달라붙었다. 내게 찰싹 붙은 그녀는 팔짱을 끼거나 대담하게 내 허리에 손을 둘렀다. 흥이 오르면 아무 데서나 내게 키스를 하고 내 머리를 어루만졌다. 그녀가 눈을 반짝이며 내 머리칼에 손가락을 넣으면 압도하는 육식성 열정에 오싹하기도 했다. 그 달콤한 모습은 내 머리에 박혀 변하지도 늙지도 않았다. 하지만 그녀를 보낸 지 벌써 8년의 시간이 흘렀다. 그러니 이게 8년 만의 첫 외출인 셈이다.

진식은 특수절도로 징역 3년을 선고받았다. 벌써 2년을 살아 한 바퀴만 더 돌면 출옥이었다. 내가 규율반장으로 근무하는 안전화 작업장에서 성실하게 일하는 놈이다. 감독 교도관은 이 실력에 이렇게 열심인데 왜 절도를 하냐고 입을 대었다. 진식은 문을 따고 들어가 귀금속과 돈을 왕창 챙겨 유흥가에서 열흘 넘게 퍼마시는 재미에 중독된 놈이었다. 진식은 훔친 목돈으로 절도 동지와 같이 마담을 맘껏 부리고, 돈 떨어질 때까지 살살 녹는 애인을 둔 채 황제처럼 떵떵거리고 살면서 세상에 부러울 것 없는 낙을 즐겼다. 외롭고 가난한 삶이 그때만큼은 아득하게 사라져 다시는 그에게 찾아오지 않을 것만 같았다. 교도관은 그 중독에서 오는 꿀 가득한 맛을 알지 못했다. 진식은 젊은 나이에 벌써 별이 다섯 개였다.

뒷자리 사기범이 진식에게 말했다. 바깥은 따뜻하네. 빨리 나가고 싶지 않아? 진식이 인상을 찡그렸다. 겉만 그럴싸하지 저기도 지옥이에요. 씨발. 돈 없으면 움쭉달싹 못 한다니까요. 에잇. 여기는 먹여주기라도 하지.

철망 사이로 보이는 거리는 많이 변했다. 호송버스는 토요일의 도시 중심가를 따라 지나간다. 염 교도관이 우리를 호송버스에 실으며 외곽으로 돌면 시간이 많이 걸려 중심가를 가로지르는 코스를 택했다고 말했다. 거리를 따라 카페가 몇 집 걸러 하나씩 눈에 띄었다. 빵집도 늘었다. 사람들은 커피에 중독되고 밥 대신 빵으로 끼니를 때우는 모양이다. 살던 곳과 멀지 않은 이 도시에 몇 번 놀러온 적이 있었다. 두 번은 그녀와 같이였다. 은행나무 노란 낙엽이 거리를 굴러다녔던 기억이 난다. 그러나 아직까지 은행나무는 보이지 않는다. 은행나무를 베고 가로수를 다른 나무로 교체했는지도 모른다. 나는 잠시 이 거리를 스쳐 지나갈 뿐이니 가로수로 설령 오백 년 묵은 고목이 즐비한들 상관없는 일이다. 버스가 신호에 걸려 섰다. 중학교 앞의 횡단보도였다. 중학교는 노랗고 빨간 페인트로 깜찍하게 벽을 칠해 저기서 공부를 하면 쑥쑥 암기가 될 것 같았다.

나는 그러면 저기인가 하며 고개를 돌렸다. 중학교 맞은편 2층에 검은 간판을 단 아베르노 카페가 보였다. 저 카페가 지금까지 있다니. 나는 아찔한 느낌에 침을 꿀꺽 삼켰다. 검은 나무 우산을 상징으로 문 앞에 세운 카페는 온통 검은색이었다. 2인용 검정 탁자 여럿과 널찍한 정사각형 탁자가 두 개였는데 12명이 같이 앉을 수 있어 낯선 사람과도 붙어 앉아야 했다. 조명과 분위기도 어두웠고 음악까지 장송곡 분위기로 장중했다. 아베르노 이름을 딴 라떼와 에스프레소가 메뉴에 있었는데 무슨 뜻이냐고 물었다. 젊은 사장이 말했다. 아베르노는 스페인어로 지옥입니다. 그는 널찍한 탁자를 가리켰다. 지옥에선 옆에 누가 앉든 같이 지내야 하니까요. 그녀가 맘에 들어 하며 물었다. 왜 아베르노 카페로 이름을 지었어요. 사장이 눈썹을 치켜 올리며 말했다. 출근하는 게 지옥 같아서요. 카페는 손님으로 북적여 사장은 싫은 일을 한다고 정신이 없었다.

버스가 속도를 내지 못하자 염 교도관이 짜증을 냈다. 야. 새집 가기 힘드네. 그는 계속 우리 쪽을 보고 있었다. 새집은 바닥 난방이 된다네. 좋겠다. 가스비도 안 내고 따뜻하게 지내고. 우리 집 작년 겨울에 가스비만 20만 원 나왔어. 이 쓰레기들 뭐하러 이렇게 잘해주나. 평소 세금도 안 낸 개털에게 말이야. 묶인 누군가가 외쳤다. 에어컨도 된답니다. 그것도 공짜로요. 버스에 와르르 웃음이 터졌다. 염 교도관은 자신의 집 관리비에 큰 손해라도 본 듯 눈살을 찌푸렸다.

안전화 작업장 담당이 염 교도관이다. 그도 쓰레기였다. 도대체 공장 근무를 제대로 하는 걸 보지 못했다. 그는 70명이 일하는 작업장을 작업반장과 부반장, 규율반장인 내게 맡기고 아침과 점심과 저녁에 얼굴을 잠깐씩 비쳤다. 어쨌든 물량과 품질이 잘 나오니 교도소에서 목소리가 크다. 안전화를 교도소 공장에 떼준 신발회사가 대접을 해주는 눈치였다. 교도소 물량은 나라에서 납품을 잘 받는다고 들었다. 하루 일당 이천 원에 안전화를 척척 만들어내는 수형수에게 고마워하는 마음은 털끝도 없는 놈이었다. 진식이 내게 말했다. 저 뒤쪽 자리에 징벌받은 놈이 탔어요. 배차를 도대체 어떻게 하는지. 나도 알고 있었다. 이감 온 독종 강도범이었다. 이 년 사이에 다섯 번 이감이라면 어느 교도소 보안과장도 손을 내젓는 놈이었다. 강도범은 우리 안전화 작업장에 두 달 전에 왔다. 온 첫날 바로 규율을 어기며 내게 도전했다. 빌어먹을. 저놈을 같은 버스에 태우다니. 보안과도 나사가 두 개는 빠졌다.

나는 꼿꼿이 앉아 있는 4명의 교도관들을 돌아봤다. 두 명은 멍하니 밖을 쳐다보고 있었다. 앞의 교도관을 살펴보았다. 그중 가장 오른쪽에 앉아 있는 염 교도관은 몸을 똑바로 세우고 서른 명의 죄수들을 골고루 살펴보고 있었지만 나머지 2명은 몸이 자꾸 아래로 내려오고 있었다. 졸고 있는 게 틀림없었다. 지금은 빈틈없이 질서 정연하고 엄숙하지만 만약 순식간에 서른 명의 죄수들이 일어나 설치면 그들은 허수아비처럼 무력할 것이다. 마음만 먹으면 그런 소요를 이용해 탈출하는 것도 불가능한 건 아니다. 왼쪽 신발 안창 밑에 강철 날이 들어 있다. 몇 달 전에 작업장에서 갈고 갈아 날이 선 것을 작업자가 내게 선물로 건네주었다. 나는 그것을 신발 밑창 사이에 감춰두었다. 교도관이 무기수에다 규율반장인 나를 몸수색하지 않은 지는 오래다. 날은 나를 지키는 일종의 부적이었다. 하지만 그 물건을 쓰게 될 때가 올지도 몰랐다. 외출 나온 지금 내 마음은 강철 날에 신경이 꽂혀 두근거린다.

나는 옆에 앉아 있는 진식을 돌아보았다. 그는 여전히 게걸들린 사람처럼 바깥 풍경에 빠져 있다. 그가 조금만 나를 도와주면 서른 명의 죄수들을 들쑤셔 실내를 쑥대밭으로 만들어놓을 수 있다. 그가 내 신발에 든 날로 포승을 잘라준다면 나는 그 비밀스럽고 은밀한 무기를 이용하여 저 교도관들을 단번에 사로잡아 버릴 수 있다. 문제는 내가 그 작업을 실행하느냐 마느냐에 있다. 그러나 저 바깥에서 나를 기다리는 건 무엇일까? 색깔과 형체를 달리한 또 다른 지옥인가.

버스가 달리는 거리 가로수는 이제 벚나무였다. 그녀와 이 거리를 다닐 때 벚나무가 많지는 않았다. 어디선가 꽃비를 맞은 기억이 난다. 저기쯤이었을까? 시외버스터미널이 있고 문화재로 지정된 고택이 세 집 나란히 선 거리였다. 나는 옆 유리창에 얼굴을 바짝 대었다. 옆 자리 진식이 몸을 뒤로 빼며 비켜주었다. 비록 묶인 몸이지만 교도소 주벽을 빠져나와 거리를 달리자 지난 8년 징역이 어제 하루 일처럼 느껴졌다. 아침에 교도소 문을 열고 저녁에 교도소 문을 닫는 폐방까지 똑같은 일상을 지내는 수형수는 시간과 공간 감각이 현란한 매일을 사는 사회 사람과 다르게 변해 있었다. 아무리 오랜 징역을 살아도 석방돼서 정문 앞을 나서면 지나간 긴 세월이 딱 하루로 겹쳐져 변해 있었고 그 하루조차도 순식간에 녹아서 사라졌다.

나도 지난 8년 세월을 잊고 그녀와 거리를 거닌, 바로 어제처럼 느껴지는 그날로 순식간에 돌아갔다. 나는 젊었고 언제든지 그녀의 몸을 탐할 자세가 된 하체는 탱탱하게 부풀어 있었다. 포승과 수갑을 풀고 버스 문을 박차고 나가서 아베르모 카페 뒷길로 달려가고 싶었다. 그녀의 손을 잡고 안으며 그녀의 탄력적인 몸을 느끼고 싶었다. 나는 온몸을 부르르 떨었다. 그러자 생각지도 않게 그녀의 마지막 모습이 솟구쳐 올라 내 얼굴 앞에 나타났다. 아베르노 카페와 거리가 강제로 나를 그 자리로 끌고 들어갔다.

그녀는 독했다. 나이트클럽 종업원이었던 그녀가 내게 이별을 알렸고 내가 마지막으로 찾아가자 말없이 문을 열어주었다. 벽 한쪽에 커다란 침대가 붙어 있던 오피스텔은 예전 내가 왔던 풍경과 다르지 않았다. 내가 그녀에게 구해줬고 내가 월세를 내줬던 방이었다. 그 침대도 내가 산 스프링 좋은 킹 사이즈였다. 아무리 뒹굴어도 널찍했다. 내가 뒤에서 덮치면 그녀는 짐승처럼 깊고 뜨거운 신음을 울려냈다. 방음이 좋지 않은 오피스텔 옆방과 복도로 소리가 샐까 신경이 쓰였지만 그녀는 아랑곳하지 않았다. 여자는 늘 자신이 그때 처한 감정에 충실했고 감정이 가리키는 방향으로 뒤돌아보지 않고 단호하게 달려갔다. 내가 다시 만나자고 호소해도 그녀는 딱 잘랐다. 우린 끝났어. 주먹으로 얼굴을 한 대 치자 여자는 길길이 날뛰며 지옥으로 꺼져, 저주를 퍼부었다. 내가 어느 시점에서 그녀 목을 비틀었는지 모르겠다. 아마도 저 침대에서 몸집 좋은 남자가 그녀를 끌어안는 장면을 상상해서 그런지도 모르겠다. 그럴 때마다 여자는 얼마나 깊게 그르렁대며 몸을 비틀었을까. 그 짧았던 순간 질투와 분노로 극단까지 몰린 나는, 나도 알지 못했던 기괴하고 낯선 인간으로 변해버렸다. 그 몇 초 사이에 내 마음에 퍼진 악한 진동은 음역을 높일 대로 높여 나를 집어삼켰다. 그녀는 목에서 뚝뚝 소리가 날 때까지 내게 저주를 퍼붓고 왼

손으로 내 오른쪽 뺨을 깊게 긁었다. 뺨에서 살점이 떨어지고 피가 흘렀다.

내가 나자빠진 그녀를 보며 오피스텔에 멍청히 앉아 있을 때 그녀의 애인이 들어왔다. 나이트클럽에서 순찰을 보는 놈이었다. 목이 강인하고 덩치가 좋은 놈. 언젠가 한 번 본 적이 있었는데 하체가 워낙 튼실해 죽은 그년이 좋아할 타입이었다. 놈은 방에 들어서자 바로 상황을 알아챘다. 놈은 괴성을 지르며 내게 돌진해 내 옆구리를 걷어차고 얼굴에 주먹을 날렸다. 옆구리에서 뼈가 뚝 부러지는 소리가 났고 숨이 컥 막혔다. 나는 그놈 상대가 되지 않았다. 우연히도, 아니면 본능에 따라 놈이 달려들 때 내가 움켜쥔 손톱깎이 칼이 없었다면 나 대신에 놈이 징역을 살고 있었으리라. 애인의 살해 현장을 목격하고 극심한 분노로 일어난 우발적인 살인. 기껏해야 5년 형이었을 것이었다. 놈이 주먹을 정통으로 내 얼굴에 꽂을 때 나는 손톱깎이 칼을 놈의 목에 깊숙하게 박아 넣었다. 손을 휘두르며 악착같이 붙든 생각은 단 하나였다. 놈의 주먹을 한 번 더 맞으면 난 끝장이라는 사실. 내가 살아날 유일한 기회는 이 단 한 번의 휘두름에 달려 있다는 것을. 내 온 근육과 신경이 그 사실 하나에 위태롭게 매달려 부들거렸다.

나의 변호사는 오피스텔에서 벌어진 사건 순서를 뒤죽박죽으로 섞어 변론했다. 피고인 반대신문에서 변호사가 일관되게 주장한 내용은 내가 먼저 공격을 당했다는 것이었다. 말다툼

끝에 여자가 내 뺨을 깊게 그어 우발적으로 여자 목을 비틀었을 뿐 살인의 의도가 없었으며, 죽은 남자 또한 먼저 죽일 의도로 나를 공격하고 폭행했기 때문에 정당방위로 막는 과정에 역시 예기치 않게 손톱깎이 칼을 들었을 뿐이었다. 나는 어정쩡하게 변호사가 시키는 대로 대답을 했다. 판사도 선고를 내리며 변호사가 주장한 경위를 참작했다 말하면서 형량은 어이없게도 무기였다.

무기를 선고받자 다른 무기수가 충고했다. 가석방이나 형기 축소, 사면을 기대하지 마. 그걸 바라는 순간 넌 교도소의 개가 되는 거야. 교도관이 시키는 대로 노예로 살면서 20년으로 감형받는다? 글쎄. 그것보다 교도소에서 왕처럼 굴면서 여기서 이번 인생 끝내는 거야. 무기에 뭘 더해봐야 무기밖에 더 되겠어. 교도소에서 살인을 저질러 무기징역을 또 받는 놈이 있었다. 쌍무기. 그러나 무기징역에 또 무기를 살 수는 없었다. 인생은 한 번이고 끝이 있으니까. 인간이 반드시 죽는 존재임을 가장 감사하는 자가 무기수이리라.

안면 신경이 그때 어떻게 손상되었는지 지금도 가끔 제 맘대로 떨리곤 했다. 상처도 그녀를 죽인 계절을 기억하는지 찬바람이 불면 격심한 통증이 찾아오기도 했다. 경찰에서 감식을 하면서 내 오른뺨 상처에 놀랐었다. 진피를 뚫고 근육까지 손상시킨 뺨에 새겨진 상처는 내 얼굴을 괴이하게 만들었다. 웃으면 왼쪽 뺨은 웃음을 머금었지만 오른쪽 뺨은 차갑게 얼어붙어 있었다. 그날 이후로 나는 변했다. 안전화 작업장의 수형자는 그런 내 모습을 두려워했다. 그들은 규율반장이 웃으면 지옥에서 막 돌아온 기이한 웃음에 이어 사정을 봐주지 않는 폭력이 뒤따른다는 사실을 알았다.

피를 철철 흘리는 내가 오피스텔을 남자가 오기 전에 바로 나왔으면 아마도 징역 15년이었을 것이었다. 운이 좋으면 12년. 바로 112로 자수했으면 10년. 미결감방에서 부장판사 못지않게 형량을 정확하게 맞추는 고참이 내린 판결이었다. 그랬다면 8년을 살았으니 몇 바퀴만 더 돌면 나는 카페와 빵집이 많은 저 거리를 마음껏 걸으며 되찾은 삶에 푹 절어 지냈을 것이다. 나는 무기징역이다. 무기는 무한을 닮았다. 지평선을 넘으면 또 다른 지평선이 나타나고 아니, 지평선 자체가 끝없이 뒤로 물러나 아무리 달려도, 아무리 살아도 닿을 수 없는 형량이다. 교도소에서 징역형은 서열을 가름하는 기준이었다. 사형에 이어 무기, 그다음이 20년이었다. 그렇게 높은 서열을 기뻐해야 하나.

진식이 내 옆구리를 툭 치며 말했다. 새 교도소에는 가족 만남의 집을 지었대요. 그는 자신이 가족 만남의 집에 곧 들어가기로 한 것처럼 들뜬 얼굴이었다. 가족 만남의 집은 교도소 외부에 별도의 주거시설을 마련해서 부부나 가족이 숙식을 함께 할 수 있는 시설이었다. 오래 헤어진 가족과 1박 2일만 지내도 어디인가? 안전화 작업장은 아마 작업반장이 첫 번째로 쓸 것이었다. 큰 형님은 살인교사로 받은 징역 15년에서 10년을 살았다. 큰 형님 징역은 살 만했다. 1주일 귀휴를 몇 번이나 다녀왔다. 오거리파는 여러 개 기업을 운영하고 있는 데다 빌딩도 소유하고 있었다. 충성을 바치는 바깥 후배가 교도소장과 법무부 교정국에 자주 기름칠을 해주는 모양이었다. 나는 작업반장이 귀휴에서 돌아오며 들고 온 물건에 깜짝 놀랐다. 싱싱한 안심과 등심과 국거리였다. 교도소 안에서 몇몇만 아는 소식이었다. 몇 박스로 들어온 한우는 취사장으로 보내져 그날 우리는 허겁지겁 특식을 먹었다. 교도소 재소자 모두에게 특식을 풀다니 바깥에 수백억을 감추고 들어왔다는 부도기업가였던 부반장도 엄두를 못 낼 일이었다. 보안과장은 아낀 고기 값으로 몇백만 원은 챙기겠지. 그게 콘도하고 똑같대요. 방이 두 개고 거실과 주방이 있어 음식도 해 먹고요. 진식은 가족 만남의 집에 놓였다는 침대를 떠올렸는지, 아니면 마음껏 가족과 해 먹을 수 있는 고기와 피자와 만두에 생각이 미쳤는지 입을 벌리고 게슴츠레했다. 작업장에서 진식은 이런 실없는 놈이 아니었다. 봄바람에 데워진 외출에 기분이 단단히 올랐는지 꽁꽁 묶인 팔을 으쓱거리기도 했다.

나는 왼쪽 신발을 움직여 날의 새파란 감촉을 느껴본다. 강철 날은 예사롭지 않은 병기였다. 날이 내 움직임에 반응해 떠는 것을 깨닫는다. 강철 날을 닮은 손톱깎이 칼로 나는 사람을 죽여 본 경험이 있었던 것이다. 날은 내게 많은 환상을 가져다주었다. 잘하면 그 칼날로 잃어버린 시간과 자유를 얻을 수 있을지 모른다. 깊은 밤에 혼자 깨어 창문을 바라보며 나는 칼날로 얻을 수 있는 미래를 꿈꿨다. 이송이 결정되면서 날을 휘둘러 자유를 찾는 탈출을 상상하고 연구했다. 그런 상상은 나를 괴롭히고 내 잠을 앗아갔다. 바깥의 자유란 무엇일까? 그게 정말 위험을 무릅쓰고 얻을 가치가 있는 것일까. 주벽 튼튼한 새 교도소까지 고작 한 시간 남짓 남았다. 나는 스스로에게 물었다. 내 의지는 칼날을 쓸 수 있을까. 호송버스 안을 난장판으로 만들면서 저 앞 유리창을 깨부수고 뛰쳐나갈 수 있을까. 진식은 작업장에서 농담처럼 충동질하곤 했다. 무기는 너무 가혹해. 무기는 아무것도 없는 사막과 같은 것이니까. 나 같으면 그런 처벌을 받으면 미쳐버릴 거야. 그러니 형. 기회 되면 탈출해서 새로운 인생을 살아. 손해 볼 것 없잖아. 무기수가 뭔들 못하겠어. 하지만 나는 신중할 필요가 있다.

털이 빠진 흰 개 한 마리가 유유히 도로를 건넜다. 아우디 승용차가 개를 향해 빵빵대며 달려들었으나 개는 쳐다보지도 않고 타박타박 똑같은 걸음이었다. 끼익, 끽. 속도를 줄인 운전사가 창을 내리고 고함을 질렀다. 야. 이 미친개야. 아우디가 급히 서자 차들이 연달아 밀렸다. 진식이 말했다. 저 개, 나 닮았어요. 아주 의젓하잖아요. 뒷자리에서 말을 받았다. 너 나가면 혼자 놀지 말고 수제화 가게 차려라. 그 실력이면 뭐가 돼도 될 거다. 아이, 난 짧고 화끈하게 살 거라니까요. 나는 소신 지키는 인생이잖아요. 뒤에서 말했다. 그래, 나가면 소신 있게 돈 팍팍 벌어봐라. 신발 팔아서 말이야. 진식이 짜증을 냈다. 아, 신발은 만지기만 해도 구역질 나요. 교도소에서 이 정도 만들었으면 됐지. 빌어먹을 환장하겠네. 내가 없는 사이에 계집년들이 더 예뻐지고 당기게 변했네. 레깅스를 입은, 터질 듯한 하체를 꿈틀거리며 젊은 여자들이 재잘거리며 지나갔다. 잠깐만 기다려라. 내가 곧 간다. 진식이 으르렁거렸다. 나는 속으로 물었다. 어디로 간단 말인가. 아베르모 카페가 있는 거리. 암팡지고 변덕스럽고 자기 욕망에 충실한 년들이 우글거리는 곳. 내 입속에서 달콤하고 끈끈한 진액이 솟아난다. 앞으로 40분. 37분. 시간은 점점 줄어든다. 은밀한 속삭임이 내 입속에서 올라와 귀에 속삭인다. 바깥이 더 지옥이라니까. 교도소가 더 괜찮지 않아? 너 교도소에서 대접 제대로 받고 있잖아.

진식은 신발 기술자지만 나는 형을 받고 교도소에서 격투기와 무술을 배웠다. 교도소에는 나이트클럽 순찰 같은 놈이 넘쳐났다. 그런 놈이 언제 나를 습격할지 몰랐고 교도소에서는 안타깝게도 손톱깎이 칼을 구할 수도, 손에 쥘 수도 없었다. 처음 만난 규율반장에게 호되게 당하고 나서 배우겠다는 의지가 더 굳어졌다. 내가 교도관에게 건방지게 대했는지 아니면 규율반장이 작업장에 처음 들어온 무기수 기강을 잡기 위해서인지 모른다. 하여튼 나는 작업장 구석의 부품창고로 끌려가 정말 오줌 싸며 맞았다. 안전화 작업반장인 큰 형님이 몸 쓰는 법을 많이 가르쳐주었다. 하루도 빠짐없이 3년을 훈련했다. 내 몸은 민첩해졌고 근육도 올랐으며 상대의 급소를 단번에 후려칠 수 있게 되었다. 오거리파 보스였던 큰 형님은 나를 아꼈고 나는 규율반장으로 당당히 자리를 잡았다.

호송버스 뒤쪽에 앉은 강도범이 신경 쓰였다. 안전화 작업장에 처음 배치된 강도범은 비쩍 마른 몸에 눈매가 매섭고 광대뼈가 튀어나왔다. 놈은 턱을 치켜들고 벽 쪽 의자에 등을 기대고 앉아 반장 행세를 하고 있었다. 4인치와 6인치 안전화를 만드는 공장 2층의 생산 라인은 7개였다. 갑피와 지퍼, 안창과 작업화 바닥에 까는 철판과 안전화 코에 올리는 둥근 강철판은 외부의 위탁 신발업체에서 공급했다. 천연고무와 화학용품을 섞어 만드는 밑창은 공장 1층의 작업장에서 쾅쾅 찍어 올라왔다. 안전화 공장은 밑창과 안창을 접착제로 붙이고 발목에 부드러운 패딩을 대고 갑피 상단에 지퍼를 다는 작업으로 분주했다. 작업화 공장에 처음 온 신입은 밑창을 롤러에 굴려 접착제를 붙이는 작업이 배정되었다. 강도 신입은 공장에 온 첫날부터 접착제 근처에는 가지 않았다. 벌써 오전 작업 시간이 2시간이나 지났다. 작업장에서 1일 작업장려금이 상급이 2,500원, 중급이 2,000원, 하급은 1,600원이었다. 교도소에 들어와 멋모르고 처음 출역한 수형자는 그 돈을 시급으로 착각하기도 했다. 그게 시급이면 한 달 40만 원쯤 된다. 그럴 리가 없다. 예! 한 달 노임이 4만 원이라고요? 그러면 고참이 침을 바닥에 뱉으며 말했다. 노임 같은 소리 하네. 징역형 받은 거 잊었어! 작업 장려금이야. 줘도 되고 안 줘도 그만인 돈이라니까. 기가 막히다는 얼굴로 웃는 신참은 제자리에 배치되면 부지런히 몸을 놀려야 했다. 1일 할당 작업량은 적지 않았고 그 물량을 흠 없이 달성하기 위한 작업장 규율은 매서웠다. 교도관이 손댈 것 없이 반장과 규율반장이 그 질서를 돌렸다. 우리에게 안전화 작업을 위탁한 신발업체는 인건비만 따먹어도 수지 넘치는 장사였다. 미결수로 살다 기결로 넘어와 작업장에서 일을 해보면 징역을 산다는 살벌한 말을 처음으로 체감했다. 저렇게 탱탱 노는 신입에게는 하루 1,600원도 아까웠다.

나는 신입을 불렀다. 야. 너. 여기 놀러왔나! 신입이 건들건들 웃으며 일어났다. 첫날부터 빡세게 굴지 맙시다. 내가 여기 부반장은 할 기수 같은데. 작업자 시선이 모두 우리 둘을 향했다가 다시 제자리로 돌아갔다. 그들은 접착제 칠을 하고 갑피를 붙이고 지퍼를 달면서 재미난 구경거리인 이쪽 다툼을 향해 귀를 세우고 있었다. 작업반장과 염 교도관도 이쪽을 주시하고 있었다. 염 교도관은 오늘은 다른 곳을 나돌지 않고 작업장에서 신입이 어떻게 처리되는지를 지켜보고 있었다. 잔말 말고 바로 자리에 앉아. 나는 신입이 앉을 자리를 가리켰다.

천천히 해봅시다, 뭐 급할 것도 없는데. 신입은 선반에 올린 밑창을 손가락으로 툭 쳐 바닥에 떨어뜨렸다. 지시 거부다. 이건가! 뭐 좀 쉽게 삽시다. 교도소 시계가 오늘 멈출 리도 없고.

놈은 슬슬 나를 벼랑으로 밀고 있었다. 교도소 작업장은 똑같이 판에 찍은 형태로 하루씩 징역을 깼지만 여기에도 판을 가르는 결정적 장면은 있었다. 놈은 나를 똥값으로 가격을 깎고 있었다. 작업장 질서가 무너지면 기어오르는 놈, 대충대충 작업하는 놈, 불량을 내고도 뻔뻔한 놈이 넘쳐나고 규율반장은 맹수에게 쫓기는 얼룩말 신세로 떨어진다.

나는 몸의 신경을 곤두세우고 탄력을 가득 잡아넣었다. 신입도 단단히 준비하고 있었다. 신입의 손목을 살짝 꺾으며 의자로 밀자 신입은 손을 빼고 오른손으로 내 가슴을 밀쳤다. 놈은 내 정강이를 향해 짧고 강력한 킥을 날렸다. 슬쩍 비키며 놈의 배를 내지르고 옆구리에 주먹을 박았다. 놈이 주먹으로 내 얼굴을 갈겼으나 균형이 흔들려 힘이 실리지는 않았다. 발을 휘어 차 놈의 허벅지를 두들기고 주먹으로 헉 소리를 내는 놈의 턱을 올려쳤다. 놈도 대담한 싸움꾼이겠지만 매일 3시간씩 몸을 단련하고 무술 훈련을 한 내게 밀렸다. 하지만 놈은 언제든지 송곳이나 가위로 상대방을 내리찍을 놈이었다. 놈이 숨을 헉헉 내쉬며 주저앉자 옆구리를 지르고 등덜미를 붙잡아 작업 자리에 던졌다. 승부가 나자 염 교도관이 오고 아래층에서 교도관 2명이 올라왔다. 염 교도관이 손가락을 우두둑 꺾으며 말했다. 이 새끼 이거, 이감 오자 바로 작업 거부야. 묶어! 교도관 2명이 신입의 몸을 포승으로 꽁꽁 묶어 끌고 갔다. 염 교도관은 작업 거부와 지시 불복종으로 놈을 징벌위원회에 넘겼고 놈은 금치 1개월을 먹었다. 염 교도관은 요주의 신입을 안전화 작업장에서 쫓아내자 종전의 빈둥거리는 팔자 좋은 시간으로 되돌아갔다.

앞으로 30분이면 새 교도소에 도착한다. 그러나 30분이면 인생을 바꾸기에 충분한 시간이다. 이제 더 이상 머뭇거리면 안 된다. 지금 이 시간이다. 이 시간. 왼쪽 신발에서 강철 날이 나팔소리처럼 나를 불렀다. 그녀의 독기 어린 얼굴이 떠올랐다. 우린 끝났어. 그렇게 간단히 끝날 수 있는 관계가 남녀관계였다. 나는 저 바깥의 그런 인간관계 속에 다시 들어갈 수 있을까? 그 지옥 같은 지옥 속에.

버스는 중심가를 빠져나갔다. 거리의 건물 높이가 낮아지고 촌스럽게 느껴지는 간판을 단 미용실과 가게와 연립주택이 나타났다. 어림잡으니 사거리를 두세 곳 지나 외곽도로로 진입해서 20분쯤 달리면 오늘 외출이 끝난다. 호송버스가 멈춰 섰다. 3호차 앞으로 끼어들던 승용차끼리 접촉사고가 난 모양이었다. 염 교도관이 무전으로 지휘부에 도로에 멈췄다는 상황을 보고했다. 1호차와 2호차는 빠져나가 버려 3호차 뒤에 있는 경찰 호위차량에서 경찰관이 내려 승용차로 갔다. 어떤 경우에도 이송 중에 열 수 없는 호송버스의 문은 굳게 닫혀 있다. 나는 묵묵히 앞을 바라보고 있었다.

내 마음 밑바닥에서 잊힌 추억은 몇십 분의 외출로 표면으로 끌어올려져 나는 망각했던 과거와 두렵게 마주쳐야만 했다. 내가 사랑했고 내가 죽였던 그녀. 왼쪽 신발에 감춰진 강철 날이 부르는 소리와 대접받는 교도소. 아베르모 카페의 지옥과 천국. 그런 추억과 자유와 탈출을 향한 욕망이 뒤섞여 나를 마구 걷어찼다. 외출 시간이 길어질수록 내 상황은 나빠져만 갔다. 교도소 주벽을 나서자 비록 묶여 있는 몸이지만 지난 8년의 징역살이가 어제처럼 사라지고 나는 막 살인을 저지르고 첫 징역으로 들어서는 것 같았다. 되풀이되는 작업과 일과를 거치며 변색되고 지하로 사라졌으리라 믿었던 살인의 피투성이 현장을 외출이 흔들어 깨워서는 너무나 생생하게 눈앞에서 한 장면씩 돌려, 나는 목이 바짝바짝 타들었다. 그 빌어먹을 아베르노 카페. 지옥이란 이름을 달고 성업하는 카페라니. 저 거리는 결국 시커먼 구렁이었다. 무기징역이란 앞으로 펼쳐진 시간보다 그녀 목을 비트는 내 손을 꽉 채운 촉감과 나이트클럽 순찰 목에 박혀 헐떡이는 근육의 박동이 더 지긋지긋했다. 속이 울렁대고 뒤집힌 나는 다시 몸을 부르르 떨었다. 한시라도 빨리 이 외출이 끝나 편안하고 망각으로 찬 작업장 일과로 돌아가고 싶었다. 진식이 물었다. 형. 몸이 안 좋아요? 안색이 영……. 나는 고개를 흔들고 입을 다물었다.

버스 앞 유리창을 바라보고 있던 염 교도관이 뒤돌아서더니 입을 벌리고 눈을 크게 떴다. 나는 버스 바닥을 울리는 엔진음과는 다른 소리를 느꼈다. 순식간에 외출이 끌어낸 상처를 닫고 몸을 대비시켰다. 뒤에서 달려온 강도 신입이 머리로 내 뒤통수를 들이받았다. 나는 몸을 접고 머리를 숙이며 진식과 묶은 오른손 끈을 아래로 당기면서 몸을 뒤틀었다. 놈의 단단한 머리가 내 뒤통수를 비켜 치며 좌석 뒷자리에 박혔다. 놈은 공격 순서를 그려놓았는지 몸의 균형을 잡고 재빨리 무게를 실은 왼쪽 무릎으로 내 턱을 올려쳤다. 포승으로 묶인 손으로 막았으나 강한 충격에 머리가 아찔했다. 놈은 입을 벌려 작고 날카로운 이로 내 귀를 물으려 으르렁거렸다. 독종이었다. 다른 교도소에서 교도관 한쪽 귀를 뜯어냈다는 소문대로였다. 한번 물면 뺨이든 귀든 생살 그대로 뜯어낼 놈이었다. 놈은 다시 머리로 내리쳤고 이번엔 왼쪽 어깨에 정통이었다. 진식이 자신의 팔과 묶인 내 오른쪽 끈을 풀려고 바삐 손을 놀렸다. 염 교도관은 달려드는 교도관을 손을 들어 제지하고 흥미롭게 전투를 구경하고 있었다. 그는 휘파람을 불고 소리를 질렀다.

야. 개새끼들아. 즐거운 외출 나와 이게 뭐하는 짓이냐. 엉.

염 교도관은 느긋했다. 상체가 포승으로 묶이고 좁은 버스 통로에서 싸우는 나와 놈은 치명적인 싸움과는 거리가 먼 우스꽝스러운 동작이기도 했다. 옆자리와 뒷자리 모두 승패가 어찌 되는지 즐겁게 구경하고 있었다. 물량 채우기 바쁜 안전화 작업장에서 규율반장이 인기 있을 리 없었다. 버스의 작업반원들은 어쩌면 내가 무참하게 깨지는 시원한 기쁨을 외출에서 얻기를 바랄지도 몰랐다.

호송버스가 출발하면서 반동에 놈이 비틀거리고 그 틈을

타서 발을 걸어 놈을 넘어뜨렸다. 쓰러진 놈이 버둥대며 몸을 일으키려 움직였고 그때마다 나는 오른발을 놀려 놈을 막았다. 놈이 으르렁대며 외쳤다. 너를 뜯어먹고야 말겠다. 너를 지옥에 처넣고야 말겠다. 오른편에 진식과 묶인 끈은 아직도 풀리지 않았다. 지랄 같은 담당이 어지간히 튼튼히 묶어 단속해 놓았다. 끈만 풀려도 킥으로 놈을 단박 제압할 수 있을 텐데. 염 교도관이 와서 쓰러진 놈의 포승 한쪽 끝을 발로 밟자 놈은 도저히 일어날 수 없었다. 염 교도관이 놈에게 말했다.

어이. 바깥 풍경도 쬐며 가보자. 인생 어렵게 살지 말고.

버스는 새 교도소를 향해 달려갔다. 멀리 새 교도소의 웅장한 주벽이 나타났다. 8년 만에 처음 맞은 외출이 끝나가고 있었다. 저 견고한 감옥에 나는 울컥했다. 나는 따뜻한 자궁으로 되돌아가는 행복감에 눈물까지 살짝 돌 것 같았다.

그랬다. 그 순간 나는 주벽 안의 삶이 반가워 얼른 달려가고 싶었다. 교도소 생활이 그리웠고 작업장이 그리웠다. 내 인생에서 내가 제대로 인정을 받은 건 교도소가 처음이기도 했다. 거기가 편안하고 아늑했다. 저 벽 안에서 매일 반복되는 기상과 식사와 작업과 운동과 TV시청을 포근하게 즐기고 싶었다. 나는 문을 열어도 날아가지 않는 새장 속의 새가 되었는가. 잠시의 외출로 이렇게 몸과 마음이 녹초가 되다니. 이제야 진식이 내 끈을 풀었다. 나는 몸을 일으켜 쓰러진 놈의 얼굴을 걷어찼다. 두 번. 세 번. 모두에게 규율반장의 건재를 보여줘야 했다. 염 교도관이 막아섰다. 어이. 다 왔다. 그만하자. 교도소 주벽 철문이 끼리릭 소리 내며 어두운 공간이 열렸다. 복잡하게 얽혔던 머리가 단순하게 하얘졌다. 호송버스가 주벽으로 들어서고 철문이 쿵 닫히자 기다리던 교도관이 버스 문 앞으로 몰려들었다. 나는 울렁대는 배에서 땅으로 발을 디딘 것처럼 안도하고 편안했다. 진저리 나는 외출이 끝났다. 앞으로 숨이 끊어질 때까지 외출이 없기를.

자서전의 끝

박경의 삶은 어차피 오래 남지 않았다.

중요한 것은 그녀가 죽기 전에 뭔가를 해야 한다는 의지였다.

자서전을 쓰기로 마음먹은 건 얼마 전이에요. 박경 여사가 앞에 앉은 자서전 작가에게 한 말은 그렇게 시작되었다. 두 사람은 아무도 없는 사무실에 탁자 하나를 사이에 두고 마주 보고 앉아 있었다. 창 쪽으로 짙은 감색 커튼이 드리워진 사무실은 널찍하고 소박했다. 박경 여사가 흰 머리카락을 뒤로 넘기며 말했다. 췌장암이라는데 의사 말로는 6개월 정도 남았다는 군요. 목소리 속에는 생의 마지막에 선 여자가 가지는 두려움과 우수 같은 것도 없었다.

그날 이후 작가는 그 사무실에서 박경을 다섯 번 인터뷰했다. 그동안 박경은 자신이 부산으로 피난 와서 성공한 사업 이야기를 하나씩 했다. 박경은 수산물 소매로 모은 돈으로 도매업을 열었고, 그 덕에 남해에 물고기가 많던 시절 어선 두 척을 소유하게 되었다. 1980년대는 어선을 팔고 건설업과 빌딩 임대업에 눈을 돌렸다. 지금 박경은 부산 해운대에 빌딩을 두 개, 서울에 두 개를 갖고 있다.

서울의 한 곳은 사무용 빌딩으로 요즘 늘어나는 오피스 건물 때문에 수익이 신통찮았다. 다른 한 곳은 강남의 요지를 차지한 상업용 건물이었다. 7층 건물의 1층은 화장품 매장, 2층은 커피숍, 그리고 3층부터는 성형외과와 피부과가 들어서 있다. 박경은 작가에게 강남 건물을 잡을 때의 자금 사정과 행운을 이야기했다.

작가는 메모한 행운이라는 단어에 별 표시를 하고는 물었다. 어떤 행운이었을까요? 박경은 몇 가지의 우연이 겹친 행운을 말했다. 원래 사려고 했던 건물은 지금의 요지가 아닌, 오늘이란 눈에서 보면 가치가 훨씬 떨어진 자리였다. 매입 자금이 모자랐기 때문이었다. 그때 갑자기 남은 어선 한 척을 사겠다는 사람이 나섰던 것이다. 작가도 박경의 자서전을 잡아서 행운이었다. 자수성가한 사람은 대체로 수고비가 짰다. 험난한 고비를 넘어온 사업가는 자신의 노력을 과신하고 다른 사람의 공은 깎는 버릇이 들었다. 작가는 여자 기업가의 자서전도 몇 번 썼으나 여자가 남자보다 보수가 박했다. 박경은 대필작가의 기준 가격보다 절반을 더 얹어주었고 완성된 책이 괜찮으면 보너스도 약속했다. 인터뷰 약속 날짜도 어기지 않아 작업 진행도 빨랐다.

작가는 박경의 기억력에 놀랐다. 그녀는 사업을 시작한 후로 매일 수첩에 주요 일과를 기록했다. 수첩에 기록된 메모 한 줄로 그날의 장면을 신기하게 회상해냈다. 박경이 고용할 선장을 처음 만났던 남포동 다방의 천을 씌운 의자와 담뱃불 자욱이 많았던 탁자, 그리고 마셨던 커피 향과 텁텁한 맛을 기억해냈다. 선장이 입었던 카키색 군용 잠바와 낡은 갈색 방수구두가 어떤 모양이었는지, 선장의 수염 길이와 팔뚝의 상처, 그리고 손목에 찬 일제 시계의 생김과 브랜드까지 끄집어냈다.

자서전은 생각보다 길어질 것이 분명했다. 작가는 박경이 보너스를 약속한 심정을 알게 되었다. 박경의 기억을 펼친다면, 1950년대부터 2000년대까지 부산 풍속사의 인상적인 단면이 만들어질지도 모를 일이었다.

인터뷰를 시작한 지 여섯 번째 되는 오후였다. 그날 박경의 태도는 아무래도 이상했다. 얼굴은 핏기 하나 없이 창백했고 퀭한 눈을 이따금 번득이며 몸을 떨었다. 불안해 보였다.

작가는 오늘 몸이 좋지 않으면 인터뷰를 미루자고 얘기했다. 그러나 박경은 고개를 완강하게 저었다. 아녜요. 어차피 당할 일인데. 미룬다고 달라질 건 없어요, 하고 말했다.

부산으로 내려올 때 나이가 몇이었습니까? 작가는 조심스럽게 물었다. 아홉 살에 왔어. 큰아버지네와 내려왔지. 그때 상황을 설명해주시겠어요? 그 당시 고향 해주도 전쟁 피해가 컸다고 알고 있습니다만.

고개를 들자 박경의 침착하고 자신감이 넘치는 모습은 변해 있었다. 박경은 고개를 비스듬히 돌려 창밖을 바라보고 있었다. 사무실이 있는 15층의 창밖으로 높이 솟은 해운대 아파트가 보였다. 멀리서 크기가 줄어든 사람들이 횡단보도를 걷고 있었다. 작가가 말을 이었다. 마을이 몽땅 불타버린 곳도 많다고 압니다. 박경의 얼굴이 갑자기 멍해졌다. 심연에서 올라오는 장면을 막으려는 것처럼 인상을 찌푸리고 입술을 앙다물었다. 박경의 굳건한 얼굴에 푸득푸득 경련이 지나갔다. 가족들은 다 내려왔습니까? 작가는 고개를 숙여 수첩에 '해주에서'라고 메모했다.

박경은 창밖에 시선을 꽂은 채로 과거의 어느 한 점으로 빨려 들어가고 있었다. 그녀의 주위에서 모든 것이 사라졌다. 밖에 보이는 빌딩도 아파트와 거리의 사람도, 자신 앞에 앉은 작가도 사라졌다. 그녀는 자기 자신이 누구인지, 어디에 앉아 있는지도 잊어버렸다.

그녀는 해운대의 빌딩에서 불길이 치솟는 마을로 끌려들어갔다. 무언가 단단한 밧줄이 기억의 발을 묶어 잡아당겼다. 그날의 화염과 째지는 비명, 그리고 냄새가 박경을 덮쳤다. 시체와 황소가 타는 역겨운 냄새가 생생하게 퍼지면서 그날의 광경이 한꺼번에 떠올랐다. 네이팜탄 불길이 몸을 태우고 총알이 얼굴을 꿰뚫는 공포에 붙들렸다. 몸이 뻣뻣하게 굳었다. 기억 밧줄은 뻣뻣한 그녀를 불타는 마을로 내팽개쳤다. 마을을 태우는 기름불이 그녀의 얼굴을 태우고 숨길을 따라 입과 식도와 폐까지 밀려들었다. 숨이 막혔다. 빰이 실룩대다 입술이 떨렸고 얼굴 전체가 비틀렸다. 팔이 떨리더니 다리를 옆으로 저었다. 박경은 어딘가로 도망치려는 것처럼 의자에서 발을 딛고 일어났다. 그러나 다리가 떨리면서 의자에서 미끄러져 바닥에 쓰러졌다. 도대체 이게 무슨 일일까, 멍청하게 박경을 바라보던 작가는 정신이 번쩍 들었다.

박경은 문으로 필사적으로 기어갔다. 여러 개로 나눠진 듯한 박경의 몸이 서로 먼저 토굴로 기어가자고 아우성을 쳤다. 어딘가로 빠져나가야 했다. 지옥의 불길에서 벗어나기만 한다면 빌딩에서 뛰어내려도 좋았다. 박경은 이제 손톱을 세워 얼굴과 목과 팔을 마구 할퀴어 피가 흐르고 있었다. 의자를 밀친 작가는 뛰어가서 사무실 문을 열었다. 고함을 쳐 직원을 불렀다.

여비서는 어떤 사태가 일어났는지 아는 것 같았다. 그녀는 재빠르게 전화기의 번호를 눌러 누군가를 호출했다. 아래층에서 응급치료상자를 든 남자가 뛰어 올라왔다. 박경은 고개를 돌려 주위를 쉴 새 없이 살피며 몸을 바닥에 바짝 붙여 기고 있었다. 공포에 찬 눈동자는 어딘가로 가야만 한다는 맹목적인 생각에 이리저리 돌고 있었다. 몸부림치는 거대한 지렁이의 형상이었다. 사무실로 달려온 남자는 응급상자를 열더니 주사기를 꺼내 들었다. 여비서가 작가에게 팔을 붙잡으라고 말했다. 여자와 작가가 팔을 붙잡자 남자는 정맥을 찾아서 바로 주사바늘을 꽂았다. 버둥대던 박경의 움직임이 느려졌다. 그녀의 동작이 멈췄다. 박경은 양팔을 쭉 뻗은 자세로 드러누워 있었다. 작가는 이마에 솟은 땀을 손으로 훔쳤다. 영문을 알 수 없었다. 작가는 이야기를 나누던 중에 박경이 갑자기 발작했다고 말했다. 비서가 물었다.

"무슨 이야기였죠?"

"피난을 언제 내려왔는지 물었습니다. 아, 해주 고향 마을 상황도요."

비서가 고개를 끄덕였다. 그 이야기가 발작과 관계가 있다는 뜻처럼 보였다.

"뭔지 모르지만 한국 전쟁과 관련된 무엇에 발작을 일으켜요."

작가가 물었다.

"자주 그래요?"

"어쩌다가요. 이번은 심각하네요."

"자서전에 해주 마을 부분은 못 싣겠네요."

"당분간은 괜찮을 거예요. 깨어나면 사장님이 연락할 겁니다."

응급구조대가 와서 박경 여사를 싣고 떠났다. 작가는 사장실에 멍하니 서 있다가 넘어진 의자를 바로 세웠다.

박경은 하루 뒤에 깨어났다. 의외로 박경의 의식은 명료했다.

박경은 깨어나자 운전기사를 불렀다. 운전기사는 해군 특

수전부대 출신이다. 운전기사는 유디티라는 이름으로도 잘 알려진 그 부대를 자랑스레 여겼다. 박경은 운전기사를 마흔 살에 고용해서 지금까지 20년 넘게 데리고 있었다. 봉급도 후했다. 운전기사가 직장을 잃고 어렵던 시절에 채용해서 운전기사뿐 아니라 기사의 아이 셋과 아내도 함께 곤경에서 벗어난 셈이다. 운전기사는 의리를 목숨으로 여겼다. 박경에게 위험한 일이 닥치면 운전기사는 자신의 몸을 던져서 구해낼 것이다. 그는 충직했고 말이 없었다.

박경은 운전기사에게 해야 할 일을 말했다. 정교하고 세밀하게 업무를 쳐내야 한다. 박경은 사무실에서 쓰러졌다 깨어난 후에 호주 캔버라에 있는 전쟁기념관에서 10월 13일 그날, 마을을 공격한 전투 기록을 찾을 수 있었다. 호주 왕립연대 제3대대의 짓이었다. 호주 왕립연대 제3대대. 앨런 로비 중사. 앨런 로비. 박경은 오래전에 그 말을 공책에 소리 나는 대로 적어두었다. 영어를 모르는 박경은 그 말 뜻을 언젠가는 알아내리라 다짐도 했으나 자신과의 그런 약속이 으레 그렇듯 오래 묵혀 있었다. 이제 박경의 기억에 박혀 있던 낯선 말뭉치의 뜻을 알아내었다. 박경이 지시한 일을 운전기사가 제대로 이행하지 못할 수도 있다. 그러나 상관없었다. 박경의 삶은 어차피 오래 남지 않았다. 중요한 것은 그녀가 죽기 전에 뭔가를 해야 한다는 의지였다. 의사가 남았다고 하는 6개월은 어쨌든 자서전을 완성하기에는 넉넉한 시간이다. 의사가 내린 그런 진단은 예언에 가까운 종류였다. 그 기간은 1년으로 늘어날 수도 있지만 불행하게 3개월로 줄어들 수도 있었다. 박경이 운전기사에게 지시한 사건은 여하튼 자서전에는 들어가지 않을 것이었다. 박경이 죽으면서 어둠에 갇혀 묻힐 것이었다.

토머스 로비는 기다리던 여행을 떠나게 되었다. 아내와 아들 내외, 그리고 일곱 살 난 손자까지 낀 행복한 여정이었다. 그들 가족은 호주 멜버른에 살고 있었다. 토머스 로비가 운전하는 차가 멜버른을 떠나 동부 빅토리아의 계곡을 향한 꼬불꼬불한 도로를 올라갔다. 그들은 그레이트 디바이딩 산맥에 있는 농장에서 며칠을 묵고는 알파인 국립공원을 둘러보고 돌아올 계획이었다. 멜버른을 벗어나자 드넓은 풀밭과 작은 마을이 점점이 보였다. 4차선 도로는 2차선으로 줄어들었고 세 시간이 지나자 마침내 넓기는 하지만 차선이 하나뿐인 도로로 변했다. 폐가로 변한 집들이 몇 채 나타나더니 그들은 언덕의 마루에 올랐다. 멀리 계곡과 산등성이 굽이치는 풍경이 보였다. 탁 트인 풍경을 가리는 안개가 끼었지만 짙지는 않았다.

도로에 선 할머니가 손을 흔들었다. 인상 좋은 은발의 백인 할머니였다. 할머니 옆에 승합차가 한 대 서 있었다. 토머스 로비는 차를 세웠다.

할머니가 말했다.

“가족 여행이네. 보기 좋아요.”

할머니가 왼쪽 차량 타이어에 문제가 생겼다며 잠시만 봐 달라고 부탁했다. 토머스 로비가 내려서 승합차로 걸어갔다. 백인 할아버지가 토머스 로비에게 왼쪽 바퀴를 가리켰다. 겉으로 보기는 별 이상이 없어 보였다. 토머스가 쪼그리고 앉아서 바퀴를 살펴보았다. 토머스 얼굴에 뭔가 축축한 것이 덮였다. 토머스는 자신의 얼굴에 수건을 덮은 할아버지를 쳐다보았다. 할아버지가 당황해하며 뭔가 말을 했다. 토머스는 무슨 실수일까 생각하며 일어나려고 했다. 몸이 움직여지질 않았고 바로 기억이 끊겼다.

토머스 로비가 눈을 뜨자 눈에 이물이 끼였는지 흐릿했다. 토머스는 고개를 숙이고 기침을 했다. 토머스는 발목과 무릎이 의자 다리에 묶였고 허리도 의자 뒷받침에 결박되었다. 손은 의자 뒤로 돌려서 묶여 있었다. 끈이 꽉 조이지는 않았다.

“강도군.”

휴가 첫날에 강도를 당하다니 운이 없었다. 그가 가족 중에서 먼저 깨어난 것 같았다. 그는 수영과 장거리 달리기를 하는 강건한 몸이었다. 몸을 움직여보았으나 풀려날 것 같지는 않았다. 창고로 쓰는 것 같은 지하실이었다. 지은 지 오래되지 않은 건물인지 벽과 바닥이 깨끗했다. 회색 벽돌을 차곡차곡 쌓은 솜씨가 싸구려로 지은 집은 아니었다. 오른쪽에 아내가 묶여 있고, 왼쪽으로 아들과 며느리, 그리고 손자가 묶여 있었다. 그들이 깨어나면서 몸을 부스럭댔다. 토머스의 앞에 긴 탁자와 의자 하나가 놓여 있었다. 토머스는 탁자와 의자를 보자 몸이 오싹했다. 강도치고는 이상했다. 이건 드라마에서나 자주 보는 납치였다. 원한이나 다른 목적을 위한. 토머스는 머리를 굴리며 자신에게 이런 짓을 할 만한 사람을 찾아보았으나 떠오르지 않았다. 토머스는 온건하고 적을 만들지 않는 사람이었다. 그는 이웃과도 친하게 지냈다. 직장에서 자신을 미워할 만한 사람을 떠올렸다. 최근 승진 문제로 동료와 싸웠으나 동료는 이런 짓은 엄두도 못 낼 사람이다. 자기 집의 앵무새 한 마리도 못 죽일 심약한 위인이었다.

토머스 로비는 시간이 얼마나 지났을까 생각했다. 사고 현장에서 여기는 얼마나 떨어져 있을까. 아내와 아이들이 완전히 깨어났다. 아내가 물었다.

"여기가 어디에요?"

토머스는 고개를 저었다.

며느리가 흐느꼈다. 아들이 괜찮을 거라며 위로했다. 며느리의 울음소리가 이곳이 꿈이거나 장난을 벌이는 장소가 아님을 상기시켰다. 5명이나 되는 사람을 납치할 정도면 인력과 돈이 적지 않게 들었다. 이들은 뚜렷한 목적을 가진 범죄 집단이었다.

문이 열리고 남자가 들어섰다. 남자는 올백으로 머리를 넘겼다. 무스를 발랐는지 머리가 틀이 잘 잡혀 있었다. 남자는 어두운 붉은색과 회색이 격자무늬로 섞인 셔츠를 입었다. 감청색 바지는 다리에 착 달라붙었다. 남자가 의자에 앉아 검정 선글라스를 벗어 탁자에 놓았다. 눈매가 차갑고 단단했다. 30대 중반쯤의 나이로 보이는 동양인이었다. 토머스는 다른 호주인처럼 동양인을 보면 이들이 중국인 또는 일본인인지, 나이가 얼마쯤 되는지 감을 잡지를 못했다. 토머스는 이 모든 것을 기억에 담아두려고 노력했다. 그는 바짝 마른입으로 침을 삼키며 마음을 진정시켰다. 토머스는 남자를 보며 그들 가족이 여기에 끌려온 데는 무언가 이유가 있다고 확신했다. 납치강도로 보기는 아무래도 석연찮았다.

동양남자의 영국식 영어는 유창했다. 토머스가 알아듣지 못할 말은 없었다. 동양인은 엉뚱하게도 토머스의 아버지에 대해 물었다.

"아버지가 앨런 로비인가?"

"맞다. 도대체 이게 무슨 일인가."

"아버지가 호주 왕립연대 제3대대에 근무했었지."

"그렇다."

"사우스 코리아를 아는가. 거기서 1950년에 벌어진 전쟁에도 아버지가 참전했지?"

"잘 모른다. 젊은 시절 참전한 것은 안다."

남자가 일어나서 탁자 앞을 걸었다. 정제되고 날렵한 움직임이었다. 알맹이가 꽉 찬 근육이 움직이는 모습이 율동적이었다.

토머스가 말했다.

"우리를 잡은 게 돈 때문이라면……."

남자는 대꾸를 하지 않았다. 남자가 걷는 구두 발자국 소리가 견디기 어려운 소음처럼 지하실에 퍼졌다.

"도대체 우리를 왜 끌고 왔는지……."

동양남자가 말했다.

"나를 존이라고 부르게. 이야기가 기니까."

토머스가 말했다.

"존. 난 협상을 하고 싶어. 서로에게 도움이 되지 않을까."

존이 말했다.

"내 소개를 먼저 하지. 난 홍콩의 삼합회 소속이다. 우리는 조건만 맞으면 무슨 일이든 해치워. 청부살인도 사업의 하나야. 그런데 이번에 의뢰받은 건 특별해."

존은 다섯 명의 포로를 하나씩 쳐다보았다.

"너희를 죽이라는 요구였으면 당신들은 벌써 끝났어. 사막에다 묻고 우린 떠났을 거야. 호주는 넓으니 백골이 된 너희 시신은 발견되지도 않겠지. 그런데 이번 사건은 요구 조건이 까다롭고 많아."

토머스와 가족은 존의 말에 귀를 기울였다. 도무지 영문 모를 말이었다.

토머스의 시선은 존을 향했다가 오른쪽 벽에 놓인 오렌지색 플라스틱 통으로 옮겨갔다. 뚜껑을 덮은 원형 통이었다. 그는 계속 불길하게 선명한 그 통이 신경 쓰였다.

토머스가 존에게 말했다.

“이건 오해야. 다른 누군가를 잘못 안 게 아닐까. 우린 누구에게도 해를 끼친 적이 없어. 그렇게 자부해. 우리 가족은 평범한 시민에 불과해.”

존은 토머스 가족이 평범한 시민에 불과하다는 점에 순순히 동의했다. 존이 너무 쉽게 그 사실을 받아들여 토머스는 깜짝 놀랐다. 그렇다면 이 사건은 뭐란 말일까? 금방 해결될 착오가 아닌가?

기대와 달리 존은 엉뚱한 말을 꺼냈다.

“토머스, 정의가 뭘까?”

토머스는 울컥 화가 났다. 묶인 손목이 쓰리고 팔이 저렸다. 가족들도 비슷한 고통을 받고 있을 터였다. 단지 토머스처럼 그들도 다른 가족을 괴롭힐까 봐 통증을 드러내지 않을 뿐이었다.

“정의를 얘기할 장소로 여긴 적당하지 않아. 우리를 풀어주면 어떤 책임도 묻지 않을 거야. 요구조건이 있으면 의논해보자고.”

존은 의자에 앉았다. 그의 말투가 신중하면서 엄중해졌다.

“토머스, 난 정의를 실현하기 위해 여기 왔어. 의뢰인이 그렇게 요청했지.”

"무슨 말장난이야. 도대체 어떤 정의를 말하는 거야."

"한국이란 나라를 모른다고 했지? 사우스 코리아 말이야."

토머스가 다시 모른다고 말했다. 묶여 있는 아들이 일본 옆에 붙은 작은 나라라고 알렸다. 남북으로 분단되어 있고 북쪽의 공산정권이 핵실험을 했다는 말도 했다.

존은 이야기를 시작했다. 자신의 의뢰인은 한국전쟁 때 북에서 남으로 피난 내려온 70대 할머니다. 그 노인의 가족은 고향 해주에서 몰살당했다. F-51 전투기가 폭격을 먼저 했고 호주 왕립연대 제3대대가 진입했다. 그리고 제3대대의 앨런 로비 중사가 박경의 가족을 사살했다. 토머스의 아버지가 앨런 로비였다. 존은 네이팜탄으로 불탄 집과 마을 주민의 화상과 비명과 의뢰인 가족의 죽음을 공들여 박경을 대신해서 얘기했다. 앨런 로비가 불타는 집에서 빠져나온 사람을 사살하는 장면이 자세했다.

해주의 마을로 돌진한 군인을 따라 총소리가 울려 퍼졌다. 군인들이 몰려오기 얼마 전에 마을에 폭탄이 떨어졌다. 날카롭게 하늘을 가르는 소리가 나더니 급작스레 폭음이 들렸다. 적황색의 불이 번쩍하고는 시커먼 불길이 순식간에 번졌다. 처음에 사람들은 영문을 몰라 우두커니 서 있었다. 폭탄이 무시무시한 불길을 일으키자 모두가 도망쳤다. 당산나무와 집들을 태운 불길은 하늘을 향해 뻗어 올랐다. 불길은 폭우처럼 마을을 휩쓸었다. 하늘을 덮는 연기를 따라 처음 맡는 역한 냄새가 공기를 가득 메웠다. 그건 폭탄이 내뿜은 불길에서 나는 냄새이면서 시체가 타는 냄새이기도 했다. 불길은 미쳐 돌아가며 시체를 바싹 태웠다. 네이팜탄은 사람의 귀와 손가락과 발가락을 태워버려 시체는 밋밋한 둥치처럼 보였다.

박경은 광에 파놓은 얕은 토굴에 납작 엎드려 있었다. 아버지가 커다란 물동이에서 물을 떠 주위에 뿌려 놓았다. 장독을 저장했던 토굴에는 퀴퀴한 냄새가 배어 있었다. 익숙한 그 냄새가 초조한 마음을 안온하게 덮었다. 박경의 어머니와 큰오빠는 광에 보이지 않았다. 막내인 박경에게는 위로 오빠 둘과 언니 하나가 있었다. 폭격이 시작되자 아버지가 아이들을 다 끌어모아서 광으로 숨어들었다. 광에는 아버지와 작은오빠와 언니, 박경 넷이 모였다. 땅이 흔들리고 미쳐버린 소가 울부짖는 소리가 들렸다. 아버지가 아끼고 아끼던 소였다. 아버지는 몇 번이나 소를 구하러 뛰쳐나갈 동작을 보였다. 그러다가 비명과 공기를 가르는 폭발 소리에 머리를 숙였다. 날개에 불이 붙은 닭이 비명을 지르며 마구 뛰어다녔다. 어디선가 엄청난 폭발 소리가 터졌다. 인민군이 마을에 땅을 파고 숨겨둔 총탄이 한꺼번에 터지는 소리였을 것이다. 박경은 이 모든 소리와 냄새, 몸으로 전해지는 진동에 떨고 있었다. 폭격이 끝나자 마을은 조용했다. 어떤 소리라도 나면 그 지점을 향해 맹렬한 폭격이 재개될 것 같은 거대한 침묵이었다. 아버지가 몸을 일으켜 문으로 고개를 내밀고 밖을 살폈다. 토굴 속에는 작은오빠와 언니, 박경이 남아 있었다. 소 한 마리는 죽었고 한 마리는 살아남았다. 그러나 어머니와 큰오빠는 찾지를 못했다. 폭격이 시작되자 마을 밖으로 피했는지도 몰랐다. 살아남은 마을 사람들이 길로 나오면서 통곡과 몸부림이 펼쳐졌다. 아버지는 그 통곡 속에서 어머니와 큰아들의 운명을 예감한 듯 비장하게 굳은 얼굴이었다.

그리고 군인이 들어왔다. 박경이 말로만 들어왔던 국방군이 아니었다. 아버지는 불타버린 집 근처에서 어머니를 찾다가 군인을 맞았다. 작은오빠와 언니도 함께 있었다. 광의 틈사이로 내다본 박경은 손을 높이 든 아버지와 오빠를 보았다. 총소리가 들렸다. 아버지의 눈동자가 끔찍하게 커지더니 맥없이 쓰러졌다. 작은오빠도 함께였다. 언니는 마구 뛰어갔다. 군인은 어깨에 총을 걸더니 조준해서 방아쇠를 당겼다. 언니가 풀썩 쓰러지더니 기어가기 시작했다. 언니가 필사적으로 팔을 앞으로 뻗고 몸을 당기자 그녀의 배에서 흘린 피가 그 움직임을 따라 길게 이어졌다. 군인은 다시 언니를 조준했다. 총성이 울렸다. 누군가가 욕설을 퍼부었다. 모르는 언어였다. 그 말은 뇌에 조각을 한 양 강렬하게 새겨졌다. 박경은 몸을 엎드린 채로 그 말을 되풀이했다. 자동적으로 그 말이 입에서 반복되는 것 같았다. 그 말은 한 덩어리 울림으로 머리를 채웠다. 먼 훗날 떠올린 그 말의 뜻은 이랬다.

'앨런 로비 중사. 이 빌어먹을 놈아. 개자식 오시야. 민간인

을 왜 죽여. 빈손이잖아.'

그 말은 박경의 기억에서 떠올랐다가 부글부글 끓으며 가라앉았다. 앨런 로비. 앨런 로비. 싸버린 오줌이 그녀의 옷을 더럽히고 발목으로 흘렀다.

존이 말했다. 사우스 코리아의 의뢰인은 납치를 당한 사람에게 전쟁 상황을 말해주도록 요청했다. 토머스와 아내는 존이 말한 전쟁의 참상에 몸서리를 치면서도 존이 그 사건을 왜 그렇게 자세히 말하는지 알기 어려웠다. 흉한 예감이 떠올랐다.

존이 말했다.

"의뢰인은 해주에서 벌어진 참상을 똑같은 방식으로 앨런 로비의 자식에게 돌려주라고 지시했네."

토머스는 항의했다.

그건 70년도 더 된 오래전에 일어난 사건이었다. 토머스와 가족들은 그 당시 이 세상에 태어나지도 않았다. 토머스는 그 아버지의 정자와 어머니의 난자 속에 하나의 가능성으로만 존재했을 뿐이었다. 그 가능성을 지금의 토머스라고 부를 수 있을까? 토머스는 이해할 수 없다고 말했다. 자신이 알지도 못하는 한국이란 나라의 한 곳에서 벌어진 사건과 지금 이 납치가 어떻게 연결된다는 말인가? 그게 가당키나 한 일인가? 토머스는 그 사건에 아무런 책임도, 아무런 연관도 없었다.

존이 말했다.

"그럼 당신 아버지가 해주에서 살해한 가족들은 무슨 잘못을 저질렀지?"

"그때는 전쟁 중이었어. 만약 그 사건이 말한 대로 일어났다면 말이야. 비극이고 유감스러워. 하지만 나와 우리 가족은 아무 상관이 없어."

존은 해주의 죽은 가족들도 앨런 로비와 아무런 상관이 없었고 앨런 로비에게 원한을 사거나 잘못을 저지르지 않았음을 상기시켰다. 그러면서 존은 의뢰인이 자신에게 정의를 실현할 구체적인 방법을 지시했다고 말했다.

토머스는 격렬하게 말했다. 흥분해서 말을 더듬기도 했다.

"정의라니. 이게 무슨 정의야. 생각을 해봐. 우린 그 가족들을 알지도 못한다고. 난 태어나지도 않았다니까. 그건 우연이었고 전쟁에서 흔한 잘못된 만남이었을 뿐이야."

존은 의뢰인이 생각하는 정의는 다르다고 말했다. 존이 부드럽게 설명하는 목소리가 납치현장을 채웠다. 의뢰인은 우연히 마주친 앨런 로비가 가족들을 죽였으니 자신도 우연에 따라 처벌을 하겠다고 말했다. 앨런 로비는 아들 두 명과 딸 한 명을 두었다. 의뢰인은 존이 추첨을 해서 그중 한 가족을 고르도록 지시했고 존이 주사위를 던져 골라낸 것이 토머스 가족이었다.

토머스 아내가 비명을 질렀다.

"그게 무슨. 터무니없는……."

"그래? 한국에서 가족이 이유 없이 몰살당하면 어떨까."

"거듭 말하지만 우린 그 한국이란 나라의 가족과는 아무 관계가 없는……."

"또 그 소리. 죽은 가족들도 앨런 로비와 아무런 끈이 없었지."

"내가 앨런 로비의 자식이라는 이유만으로 내게 책임을 묻는다고?"

"앨런 로비가 생판 모르는 사람도 죽였는데 아들 되는 당신은 죽음을 당할 이유가 충분하지."

존이 자신도 답답하다며 투덜댔다. 자신은 프로 킬러다. 표적을 생매장하거나 불태워 죽이거나 사지를 잘라서 죽일 수도 있다. 멀리서 단 한 방으로 표적을 정리하기도 했다. 효율적으로 업무를 처리해서 정평이 나 있다. 이번 사건은 곤혹스럽다. 주문이 까다롭고 절차도 복잡하다.

존이 말했다.

"빨리 의논해서 마치자. 협조하는 게 좋아."

"살인에 무슨 협조가 필요해."

존이 검은 장갑을 꼈다. 존이 오렌지색 통으로 걸어가서 뚜껑을 열고 박스를 꺼냈다. 역시 흉측한 오렌지색이다. 존이 향기를 맡고 행복한 표정을 지었다. 피와 죽음과 비명을 낳는 냄새를 맡으면 존은 즐거웠다. 존이 박스를 탁자에 올려놓고 말했다. 그는 단호한 집행자의 모습으로 변했다.

"의뢰인의 요구를 전하지."

그는 묶여 있는 5명을 한 번 돌아보았다. 존의 얼굴은 딱딱하게 굳었고 눈이 날카롭게 빛났다. 존이 장갑을 낀 손을 마주쳤다. 둔탁한 소리가 지하실에 울려 퍼졌다. 조금 전과 달라진 모습에 토머스는 얼어붙었다.

"토머스. 자네가 저 아이를 죽여야 하네. 손자인가? 아이의 몸에 이걸 뿌리고 불을 켜게. 몸이 타버리는 데 몇 분 걸리지 않을 거야. 그러면 너희 4명은 모두 살려주겠네."

토머스는 멍한 얼굴로 존을 쳐다보았다. 지금 무슨 말을 들었는지 정신이 나지 않았다. 불, 몸, 탄다와 같은 몇 단어가 띄엄띄엄 이어져 입에서 맴돌았다. 토머스는 끄윽 신음을 토했다. 토머스의 아들과 며느리가 비명을 질렀다. 깨끗하고 산뜻한 지하실은 순식간에 지옥으로 변하고 있었다.

토머스가 외쳤다.

"절대로 안 돼. 미쳤군. 미쳤어. 이봐. 존. 사우스 코리아에 있는 그 의뢰인에게 연락해줘. 내가 뭐든지 하겠다고 말이야. 나와 말하게 해줘. 그분의 증오를 알겠어. 알고말고. 하지만 이건 미친 짓이야."

존이 말했다.

"그분의 증오를 안다고. 헛소리 마. 너희는 불구덩이에서 살해당하는 게 뭔지 몰라. 살인범만이 살인범을 알 수 있어."

존이 토머스 앞으로 다가갔다.

"못 하겠다?"

"절대로 못 해."

"절대로, 라는 말은 함부로 하는 게 아냐."

존이 의뢰인의 요구를 알렸다. 만약 토머스가 아이를 죽이지 않으면 킬러가 아이를 죽인다. 그리고 5분 후에 아들을 제물로 하는 똑같은 제안을 한다. 즉 토머스가 아들을 태워서 죽이면 나머지 세 사람은 살려준다. 그 제안을 거부하면 킬러가 아들을 태워 죽인다.

존은 구두 소리를 울리며 다음 절차를 말했다. 자동차 수리 방법을 알리는 것처럼 건조한 목소리였다. 그다음 5분이 지나면 역시 며느리를 죽이는 똑같은 제안을 한다. 토머스가 며느리를 죽이면 토머스 부부는 살려준다. 거절하면 킬러가 며느리를 태워 죽이고 5분 후에 다시 아내를 죽이라고 제안한다. 토머스가 아내를 죽이면 토머스를 살려준다. 거절하면 킬러가 아내를 죽인다. 그러면 토머스만 남는다. 혼자 남은 토머스를 어떻게 처리할 것인지는 침묵했다.

"토머스, 침묵을 확실한 생존으로 착각하지는 말게. 잔인한 죽음이 기다릴 수도 있어. 눈을 파내고 귀를 자르고. 코를 베고, 손가락을 마디마다 잘라내고 말이야."

토머스는 자신이 꿈에서 보는 지옥에 와 있지는 않는가 생각했다. 동전을 던져 윗면이면 살고, 뒷면이 나오면 끓는 기름탕에 던져지는 꿈이었다. 그는 꿈에서 빠져나가려고 온몸을 움직였다. 발끝을 세워 의자를 움직였다. 의자가 꿈틀하면서 자리에서 올라갔다 다시 내려왔다.

존이 아이 앞에서 오렌지색 박스를 열었다.

"이게 정의야. 원초적인 정의지. 받은 만큼 돌려준다는."

존이 박스 네 개를 꺼내서 탁자에 올려놓았다.

"토머스. 뿌리는 일은 내가 대신 해주지. 이건 서비스야."

존이 박스 뚜껑을 열고 아이의 머리에 오렌지색 액체를 붓기 시작했다. 밝은 액체는 끈적끈적했다. 액체에 젖은 옷이 몸에 착 들러붙었다. 아이의 몸을 적신 액체가 의자로 뚝뚝 떨어졌다.

존이 토머스가 묶인 의자를 들어서 아이에게서 3미터 떨어진 곳에 마주 보도록 놓았다. 존이 플라스틱 통에서 상자를 꺼내 라이터와 막대를 꺼냈다. 존이 칼로 토머스를 묶은 밧줄을 잘라내 오른팔을 쓸 수 있도록 조치했다. 그는 토머스의 오른팔에 막대를 억지로 쥐어주었다. 존이 토머스에게 라이터를 켜서 막대에 불을 붙여 아이에게 던지라고 명령했다. 지하실은 통곡과 비명으로 가득 찼다.

토머스는 고개를 흔들었다. 그는 살인을 거절했다. 존이 토머스에게 다시 말했다.

"다시 말하지 않겠어. 마지막 기회야. 저질러! 죽이란 말이야!"

토머스는 손자를 보았다. 토머스는 머리가 뒤집혀 제정신이 아니었다. 아이가 태어났을 때, 기던 아이가 몸을 뒤집을 때,

아이가 걸어 다니면서 그를 향해 달려오던 때의 추억이 휙휙 지나갔다. 연못가에서 아이는 물장구를 쳤고 개를 안고 뒹굴기도 했다. 그는 아이를 향한 추억과 싸웠다. 냉정하게 상황을 판단하려 애썼다. 그럴수록 머리는 헝클어져 삐걱대었다. 저 아이를 죽이고 내가 살아갈 수 있을까? 미쳐버려 폐쇄병동에서 고래고래 고함을 지르게 되지는 않을까?

여태껏 조용했던 아이가 갑자기 소리를 질렀다. 토머스는 흐릿한 눈으로 아이를 쳐다보았다.

"할아버지. 나를 죽여. 죽여도 좋아."

아이에게서 놀라운 말이 터져 나왔다.

"저 개새끼에게 꼭 복수해줘. 저 새끼를 붙잡아 눈을 파내고 귀를 자르고. 코를 베고, 손가락을 마디마다 잘라내. 간과 창자를 꺼내 돼지에게 던져줘."

토머스는 귀를 의심했다. 귀여운 손자가 한 말이라고는 도저히 믿어지지 않았다. 손자는 눈이 꼿꼿이 서고 이를 드러낸 악귀가 들린 표정이었다. 오렌지색 액체에 젖은 손자는 존에게 무시무시한 욕설을 계속 했다.

존이 밝게 웃으며 말했다.

"감동적이야. 난 저런 복수를 좋아해"

존이 라이터를 켜서 막대에 불을 붙였다.

"여기까진 내가 해주지. 하지만 막대를 던지는 건 자네 몫이야."

존이 자유로워진 토머스의 오른손에 막대의 한쪽 끝을 쥐어주었다. 막대는 천천히 타들어 가고 있었다.

“10을 셀 거야. 더 이상 기다리지 않아.”

존이 천천히 하나 둘 세기 시작했다. 다섯을 셀 때 토머스는 오줌을 싸고 있었다. 그는 다리를 벌벌 떨고 고개를 깊숙이 숙이고 있었다. 지하실 바닥이 깊고 깊은 우물처럼 보였다.

아홉까지 세었을 때 토머스는 정신을 잃었다. 그러면서 자신의 오른손이 가벼워진 것을 느꼈다. 막대가 손에서 그냥 떨어졌는지, 막대를 아이에게 던졌는지도 기억나지 않았다. 그 순간의 기억은 머릿속에서 새하얀 공백으로 일렁거렸다. 모두가 사라졌다. 토머스의 과거와 현재, 어쩌면 미래까지도 사라졌다.

토머스는 백인 할머니를 만났던 곳에서 깨어났다. 그는 운전석에서 시트를 뒤로 젖힌 채로 누워 있었다. 차의 창문이 열려 있어 시원한 바람이 지나갔다. 지나가던 차량이 빵 하고 경적을 울렸다. 그 차에선 깔깔 웃음소리가 바람을 뚫고 퍼졌다. 머리가 어지러웠으나 지하실에서 벌어진 기억은 선명했다. 토머스는 천천히 몸을 움직여 주위를 돌아보았다.

토머스는 차를 몰고 집으로 돌아왔다. 그는 뒷좌석에 누가 탔는지 돌아보지도 않았다. 뒷좌석의 침묵은 너무나 무거워 그 무게 때문에 차가 제대로 굴러갈까 싶었다.

집으로 돌아오자 그는 아버지가 남긴 책과 자료와 사진을 마당으로 꺼내서는 불을 질렀다. 한국전쟁에서 아버지가 동료 군인들과 찍었던 사진들도 많았다. 아버지는 동료들과 어깨를 걸고 웃고 있었다. 때로는 군용 트럭 때로는 탱크 앞에서 그들은 웃고 있었다. 아버지가 남긴 옷도 불살랐다. 아버지 앨런 로비가 물려준 무공훈장을 꺼내 도끼로 찍었다. 훈장에 붙은 별 모양 장식이 몇 조각으로 나눠져 괴상한 모양으로 변했다. 아버지의 사냥총이 거실에 걸려 있었다. 사냥총도 도끼를 피하지 못했다.

토머스는 아버지에 관한 모든 것을 불사르고 쓰레기로 만들었다. 그러나 그가 아버지 앨런 로비의 자식임을 불사를 수는 없었다. 앨런 로비가 자신에게 남긴 여러 추억도 지워지지 않았다.

토머스는 마당에서 통곡했다. 즐거운 휴가의 끝이었다. 토머스의 손자는 그날 사건 이후로 실어증에 걸렸다. 아이는 어떤 힘에 짓눌려 언어 능력을 잃어버린 것 같았다. 아이는 어쩌면 어떤 말도 하고 싶지 않는 건지도 몰랐다. 아이는 인상을 자주 찌푸리고 혀를 내밀어 입술을 핥았다. 눈을 내리깔고 상대방의 얼굴을 쳐다보지 않았다.

토머스가 막대를 손자에게 던졌으나 오렌지색 액체에 불이 붙지는 않았다. 그 액체는 혹시 처음부터 불이 붙지 않는 종류였을까? 토머스가 막대를 놓쳤는지도 모른다. 아이가 자신에게 날아오는 막대를 보고 비명을 지르면서 토머스가 기억을 잃어버렸는지도 모른다. 그 장면의 모든 것이 사라져 심연으로 가라앉아 버렸다.

토머스가 침대에서 눈을 감으면 우물이 하나 떠올랐다. 우물에서 얼굴 하나가 천천히 올라와서 그를 마주 보았다. 얼굴은 거꾸로 뒤집어져 있어 눈이 아래쪽에 입이 위쪽에 있었다. 토머스는 그 얼굴이 누구인지를 알 수 없었다. 사우스 코리아의 증오심 가득한 할머니 같기도 했고 한국전쟁에서 앨런 로비에게 죽었다는 사람 같기도 했다. 토머스에게 막대를 쥐어주던 존의 얼굴 같기도 했다. 토머스가 물구나무를 서면 그 얼굴의 정체를 알 수 있으리라. 그러나 토머스는 그 얼굴을 절대로 똑바로 보고 싶지 않았다. 자신이 죽을 때까지. 그리고 그 얼굴을 누구에게도 보여주고 싶지 않았다. 손자가 죽을 때까지. 아니 손자의 손자가 죽을 때까지.

너의 자리

나는 천천히 또박또박 말했다.

잠깐 보관해줄래요.

아뇨, 아뇨. 그냥 버려주세요.

네. 고마워요.

얀 킴의 작업실에 처음 간 날이었다. 악수를 청하자 얀 킴은 제비를 새긴 다부진 손을 내밀었다. 손등의 제비가 날쌘 동작으로 내 가슴께를 파고드는 느낌이었다. 제비는 무슨 뜻이지요. 내가 묻자 얀 킴이 자리를 권하며 말했다. 선원들이 많이 새기는 문양이에요. 육지가 멀지 않았다는 표지고 제비는 다시 돌아오는 성질이 있기에 무사한 여정을 바라는 마음이 담겨 있지요. 나는 그의 조용하게 당기는 목소리에 반항이라도 하는 것처럼 쿡 웃었다. 뭘 새긴다고 소원이 이루어지기야 하겠어요. 얀 킴이 천진한 소년을 닮은 웃음을 내보였다. 폭풍이 배를 덮쳐 공포에 질리면 맨몸보다는 나을 겁니다.

나는 작업실을 채운 환한 햇빛과 깔끔하게 정리된 벽과 책상을 부러운 마음으로 둘러보았다. 빡빡 밀어 뼈의 굴곡이 보이는 머리에 헌팅 모자를 쓴 얀 킴은 덩치까지 커서 부담스러운 첫 인상이었다. 그러나 그의 커다랗고 따뜻한 눈을 대하자 마음이 스르르 풀어졌고 저음의 목소리를 들으면서 그에게 몸을 맡겨도 되겠다는 생각이 들었다. 그날 얀 킴이 물었다.

뭘 새기고 싶나요?

태양.

태양에 얽힌 사연이 있어요?

아뇨. 하지만 나를 언제 어디서든 비추는 태양을 갖고 싶어요.

그는 스케치할 종이와 연필을 앞에 두고 새기고 싶은 태양의 이미지를 말해보라고 했다. 무슨 이야기를 했던가? 아마도 추운 겨울의 소녀를 비춰주는 태양을 이야기한 것 같다. 넓은 평원의 주위는 온통 잿빛이고 소녀는 떨면서 평원을 지나가고 있었다. 찬바람이 그녀의 얇은 옷을 사정없이 파고들었다. 돌기둥이 나타났고 소녀가 기둥 앞에 앉자 해가 구름 사이로 나타났다. 태양은 앉은 소녀의 주위를 아낌없이 데워 소녀는 걸어갈 용기와 힘을 얻었다. 뭐 그런 이야기였던 것 같다.

힘든 일이 많은 모양이죠? 그가 물었다.

나는 가만히 앉아 언제 힘들지 않았던가 생각했다. 얀 킴이 그린 도안 두 개를 내게 보여주었다. 푸른 방패에 박힌 해가 불꽃을 너울대는 도안을 골랐다. 내게 얀 킴을 소개한 친구가 그 사람은 원 오프 방식으로 일한다고 말했다. 원 오프가 뭐야? 하나(One) 하고 끝내는 거, 그 사람이 그린 문양은 딱 하나뿐이야. 한 번 사용한 도안은 다시 쓰지 않으니까, 넌 세계에서 유일무이한 타투를 몸에 새기는 거지.

내가 팔에 새긴 태양에 사람들은 감탄했다. 정말 따뜻해 보이군요. 어떤 사람은 웃으며 이렇게 말하기도 했다. 데지는 않나요? 얀 킴과 나의 타투 인연은 그때부터 계속 이어졌다.

키우던 고양이 미미가 죽었을 때 난 얀 킴을 내가 사는 아파트로 불렀다. 갑작스런 죽음에 놀랐지만 고양이 미미를 내 등에 새긴다는 생각은 변하지 않았다. 초인종이 울리고 문을 열자 얀 킴이 신발을 벗고 조용히 아파트의 거실로 올라왔다. 내가 말했다. 불을 켤까요. 얀 킴이 고개를 젓고는 어둑한 거실에 눈을 적응시키고 있었다. 거실의 내려진 블라인드 사이로 얇은 불빛이 들어와 아파트의 황갈색 나무 마루에 사다리 무늬를 희미하게 그렸다. 거실로 스민 빛은 어둠의 숨을 가볍게 죽였다.

얀 킴은 어둠이 눈에 익자 내게 소곤대듯 말했다. 저기 책장 아래죠? 그랬다. 고양이 미미가 그곳에 누워 깨어나지 않는 안식에 싸여 있었다. 얀 킴이 무릎걸음으로 고양이 미미에게 다가가서 고개를 숙였다. 나는 어디선가 보았던 티베트의 신심 강한 불교 신자의 예배 장면을 떠올리면서 왠지 모르게 안도했다.

책장 밑의 고양이를 살피던 얀 킴이 물었다. 어떻게 죽었죠?

나는 죽음의 장면으로 다시 돌아갔다. 고양이가 죽을 그때 나는 소파에 앉아 있었다. 읽던 책을 접어놓고 새 소식이 없는지 살펴보려고 스마트폰을 집어 올렸다. 폰 화면을 대충 훑고는 다음 작업을 궁리하면서 몸을 쭉 뻗었다.

고양이가 허공으로 갑자기 뛰어올랐다. 고양이 미미는 등을 구부리고 발을 내려놓고는 그것으로 마지막 힘을 뽑은 것처럼 모로 쓰러졌다. 고양이는 몸부림을 치거나 발악하지도 않고 맥없이 누워버렸다. 고양이가 뛰어오르며 불길하게 내뱉은 캭 소리가 아니었다면 활발한 장난으로 보아 넘겼을지도 모른다. 장난을 좋아한 미미는 새벽이면 내 얼굴 옆에서 흰 앞발로 나를 건드리기도 했다. 한 번 두 번 세 번, 툭툭 치는 감촉에 설핏 잠을 깬 나는 팔을 휘둘러 미미를 걷어내고는 몸을 돌려서 누웠다. 미미는 이것 봐라 하는 듯 눈을 크게 뜨고 폴짝 뛰어 내 낯을 리듬감까지 섞어서 다시 톡톡 건드렸다. 어떨 때는 잠자는 내 가슴에 올라타서는 고개를 갸웃대며 한참을 내 관상을 보았고, 나는 짓누르는 압박감에 가위를 눌리고는 했다.

고양이 미미가 내지른 다급한 외마디 소리에 나는 몸을 바짝 세우고 달려갔다. 그 서슬에 탁자에 놓여 있던, 천궁과 결명자를 섞어 달인 차가 쏟아져 길게 흘렀다.

미미의 죽음은 그렇게 급작스럽게 찾아왔다. 단골 동물병원은 계속 통화 중으로 세 번을 걸고서야 겨우 연결되었다. 나의 다급한 질문에 수의사는 그럴 경우가 있다고 점잖은 답을 내놓았다. 지금 바로 데려갈게요. 수의사가 말했다. 목에 손을 대보고 코에 티슈를 올려보세요. 숨을 쉬나요. 아뇨, 아뇨. 그럼, 그는 잠시 말을 쉬고는 빠르게 선고를 내렸다. 오셔도 좋지만 기대는 접어야 할 겁니다. 수의사의 통고에 미미를 안은 채로 나는 멍하게 앉아 있었다. 그러다 미미가 길게 하품을 하며 일어나서 수의사를 무안하게 하지 않을까 몇 번을 흔들어도 보았다. 고양이 미미는, 하여튼 인간이란, 이런 표정으로 꿈쩍도 하지 않았고 나는 슬그머니 책장 앞에 미미를 내려놓았다.

책장 앞에서 눈을 찡그린 얀 킴이 고양이 미미를 들어 올려 이모저모로 살펴보고는 제자리에 조용히 내려놓았다. 그는 도안지를 탁자에 놓으면서 물었다. 미미에 대해 말해주세요. 미미는 내가 머리를 감는 모습을 좋아했다. 샴푸를 용기에서 짜고 머리에 발라서 거품을 부글부글 내다가 흘깃 미미를 살펴보면 부푸는 거품에 동그란 눈으로 놀라 금방이라도 앞발로 머리를 건드리러 올 표정이었다. 미미는 샤워기에서 물이 쏟아지면 몸을 뒤로 젖혔다가는 다시 구경에 열중했다. 미미는 내 목욕에는 관심을 두지 않았다. 옷을 하나씩 벗어 던지면 미미는 펄쩍 뛰며 좋아하다가 나체가 되면 벗은 몸이 그 따위밖에 안 돼, 자신처럼 아름다운 털이 윤기 나야지 하는 눈초리로 나를 쓰윽 훑어보고는 거만하게 소파 옆 자신의 자리를 찾아갔다.

내가 말한 미미의 이미지는 얀 킴의 몸으로 들어가 생김새를 갖추고 부풀어 올랐다. 나는 그렇게 믿었다. 그렇지 않다면 그가 그려내는 마술 같은 이미지를 어떻게 설명하랴. 그는 내가 말하는 고양이의 이미지에 흠뻑 젖어 눈을 가늘게 뜨고서 하나의 형체로 잡히는 순간을 기다렸다. 자리를 잡은 형체가 그의 손에 또렷한 이미지로 흐르면 얀 킴은 어둠에 익숙해진 손으로 도안지에 그림을 그렸다. 내 주문은 늘 똑같았다. 내 아이인 고양이가 밝고 유쾌하게 살고 있는 모습.

불을 켤까요.

그는 고개를 젓고는 어둠이 몰입에 도움 된다고 말했다. 그에게는 거실의 창을 통해 들어오는 희미한 불빛으로도 충분했다. 도안의 미미는 고개를 돌려서 머리를 감는 나를 관찰하는 생전의 모습 그대로였다. 저 인간은 왜 저 짓을 매일 아침마다 하지 하는 풀 길 없는 의문을 담은 눈이었다. 얀 킴은 생전의 미미 이미지를 부활시켰고 미미는 내 등에서 따뜻한 햇볕을 쪼며 세 번째로 나와 살아갈 터였다.

내일 스튜디오에서 봅시다.

얀 킴이 현관을 열고는 아파트를 나섰다. 그러고 보니 나도 원 오프로 개와 고양이를 길렀다. 한 번에 한 마리씩으로, 동시에 두 마리에게 애정을 보내지는 않았다. 내 오른쪽 등에 처음 자리 잡은 아이는 검정과 갈색의 얼룩무늬가 있는 개로, 비글 종류였다. 갈색 털이 나 있는 커다란 귀가 얼굴을 살짝 덮은 아이로, 이름이 할리였다. 비글의 조상은 프랑스에서 토끼사냥을 하던 작은 사냥개였다고 들었다. 단단한 몸에 등이 곧은 할리는 종일 활발하게 뛰어다니는 튼튼한 다리를 지녔고 언제나 명랑하고 여유 넘치는 성격이었다. 할리의 둥근 눈을 쳐다보면 그도 나를 빤히 쳐다보곤 했다. 아홉 살이 넘은 할리의 폐를 차지한 종양을 발견한 때는 3년 전, 조홍석과 이상한 사건이 터진 날 즈음이었다. 2년을 넘게 만났던 그의 성격과 행동을 상당히 안다고 자부할 때였다. 나는 전혀 예상치 않았던 곳에서 홍석에게 뒤통수를 얻어맞았고 인간은 뒤통수를 치는 동물이며 적어도 개와 고양이는 그렇지 않으리라 생각했다.

할리는 개성 강한 아이였다. 할리는 기침을 그치게 하는 약을 지독하게 싫어했고 그 약을 물이나 사료 등 어디에 넣더라도 찾아내서 악착같이 거부했다. 불과 두 달이 되지 않아 할리는 제대로 몸을 가누지 못했고 자신이 즐겨 앉던 소파의 옆자리에 쓰러져서 머리를 바닥에 붙이고 이런 일이 왜 벌어진 것일까 하는 얼굴로 곰곰이 생각하다가 해답을 구하는 얼굴로 나를 쳐다보았다. 발작이 터지고 극심하게 헐떡이는 날이 며칠 계속되다가 마침내 그날이 왔다. 나는 며칠 째 잠을 자지 못하고 녹초였지만 그 순간은 할리와 내가 동시에 깨달았다고 생각한다. 할리는 터져 나오는 기침에 맥이 풀어진 눈으로 힘겹게 내게 묻고 있었다.

내 몸이 말을 듣지 않아. 내 몸이 왜 나를 배신하지.

커다란 할리의 종양은 지치지 않는 속도로 옆의 장기까지 삼켜버렸다. 나는 목과 가슴의 털을 매만지며 사람의 말로 할리에게 일어난 일과 몸의 배신과 앞으로 닥칠 일을 말해주었다. 할리는 모두 다 알아들은 것처럼 조용해졌다.

수의사가 집으로 와서 진정제를 놓고는 할리의 삶을 끝맺는 약을 꺼내 들었다. 나는 주사기를 쳐다본 뒤 할리에게 시선을 옮겼고, 할리는 내게 시선을 맞추고는 주사기를 바라보았다. 할리는 윗입술을 들어 올리고 고개를 옆으로 뉘었는데 내게는 이렇게 말하는 것처럼 보였다.

난 이 모든 과정이 뭘 의미하는지, 그리고 어쩔 수 없다는 걸 안다니까. 그러니 너무 괴로워하지 마.

할리는 믿음이 담긴 눈으로 나를 지켜보고는 마지막으로 눈을 감았다. 나는 할리를 첫 번째로 내 등에 새기며, 머신의 바늘이 내 진피에 닿을 때마다 차가운 통증에 몸을 떨며 믿음과 배신을 생각했었다. 할리는 내 등의 오른쪽에서 고개를 들고 편안하게 쉬고 있다. 할리는 더 이상 긴 낮 동안 목을 빼며 나를 기다리지 않아도 된다.

할리의 종양을 알게 될 즈음, 나는 조홍석과 재즈밴드 류의 공연에 가기로 약속했다. 색소폰과 피아노, 베이스와 드럼으로 구성된 재즈 콰르텟 밴드는 6개월에 한 번, 1주일씩 정기공연을 이어왔다. 그날은 그들의 9회 정기공연이었고 나는 그들의 공연을 이미 오래 즐겨왔었다. 아마도 색소폰을 부는 연주자를 심야의 집 근처 편의점에서 만난 것 때문에 밴드의 꾸준한 팬이 되었으리라. 계산대에서 반갑게 인사하자 색소폰 연주자는 쑥스러워하면서 물건의 바코드를 찍었다. 내가 카드를 집에 놓고 온 바람에 현금을 모두 꺼내도 몇천 원이 모자랐다. 그가 무심결에 계산대의 물건 중에 콘돔을 집어 들고 '이걸 빼실래요'라고 묻고는 얼른 물건을 내려놓고 생리대를 꺼내 들었다. '이걸 빼시겠어요?' 색소폰 연주자는 자신이 든 두 번째 물건도 황급히 내리고 음료수를 계산대에서 제쳐놓았다.

그의 색소폰 음색은 하늘의 유유한 구름과 바람에 날개를 맡긴 매를 닮아 편안했다. 그러다 접은 날개로 먹이를 노리고 땅에 내리꽂히기도 했으나 그럴 때도 거칠거나 귀를 찢지는 않았다. 공연장은 무명 밴드의 형편을 보여주는, 40명에서 50명 남짓이 들어갈 지하의 궁색한 공간이었다.

공연이 있던 그날, 조홍석을 공연장 앞의 카페에서 만나자 나는 놀랐다. 그는 술 냄새를 함부로 뿜었고 어깨를 불량하게 흔들대었다. 소리를 내서 커피를 벌컥벌컥 들이마셨고 뭐가 못마땅한지 잔을 쾅 내려놓았다.

오늘 뭘 듣는다고? 재즈밴드 류예요. 전에도 얘기했는데, 기억 안 나요? 재즈네. 재즈. 시끄러운 음악이야. 나는 공연장으로 가서 재빨리 티켓을 사서 그에게 안겨주고는 화장실을 다녀왔다. 뭔가 불길한 예감이 들어서 같이 공연을 본다는 의미에 못을 박고 싶었다. 화장실을 나오자 그가 없었다. 나는 공연 시간까지 그가 오기를 기다렸다가 설마 하는 생각에 표를 파는 직원에게 물었다. 혹시 누가 표 두 장을 환불하지 않던가요. 환불한 분은 없어요.

나는 공연 시작 1분 전까지 기다렸다가 다시 표를 사서 들어갔다. 그날 색소폰은 우울했고, 베이스는 탁했으며, 드럼은 리듬을 놓쳤다. 음향은 고르지 않고 얼룩이 묻은 벽에 부딪쳐 찌그러져서 허공을 맴돌았다. 나는 반쯤 얼이 빠져 음악과 잡념 사이로 시계추처럼 왔다 갔다를 반복하며 방황했다. 조홍석은 아무런 소식이 없었다. 나는 절대로 먼저 소식을 묻지 않으리라고 다짐했고, 그 다짐과 경쟁하는 것처럼 조홍석도 소식을 내지 않았다. 나는 하루 이틀, 며칠을 악착같이 처음 약속을 지켰고 그 역시 철저하게 무소식의 공간에서 지냈다. 그렇게 보름과 한 달을 지나면서 자연스럽게 우리 사이는 종말을 고했다.

재즈 공연을 가기 며칠 전에 나는 조홍석에게 내 형편에 비추면 많다고도 할 수 있는 돈을 빌려주었다. 조홍석은 그깟 금액이야 네가 주지 않아도 일없어 하는 얼굴로 거만하게 돈 얘기를 꺼냈고 나는 다음 날 공손하게 머리를 조아리며 그에게 돈을 건네주었다. 그가 흘끗 내 손을 쳐다보고는 봉투를 구겨서 주머니에 집어넣었다. 그가 떠나면서 내 돈을 받을 길도 막막해졌다. 그렇게 개 할리와 조홍석은 비슷한 시기에 다른 방식으로 내 인생에서 떠났다.

고양이 미미가 쓰러지던 날 친구 순을 통해 조홍석에게 연락이 왔다. 오랜 친구인 순은 나와 같이 조홍석을 여러 번 만나 그를 알고 있었다. 순은 밤에 전화를 걸어 그가 만나기를 원한다고 전했다. 순의 말을 듣고 나는 조홍석의 이름을 몇 번 되새김한 후에 말했다. 만날 일 없어. 헤어진 지 몇 년이 지난 남자친구의 말은 가슴에 아무런 파문을 던지지 못해 나는 갑자기 슬퍼졌다. 몇 년에 걸친 깊은 감정과 자극적인 애무와 달궈진 몸은 어딘가로 증발해버렸고 나는 한참을 상처나 자국이나 하다못해 그을음이라도 있는지 찾아보았다. 아무것도 남지 않아 반들반들 매끄러웠다. 조홍석이 남긴 자취 위로 많은 사람들이 지나다녀 이미 단단하게 다져진 땅이었다.

만난다기보다 찾아가는 거야. 호스피스 병동으로. 친구 순이 잠시 쉬었다가 말했다.

호스피스 병동이 뭔지 알지? 생각해보고 다시 통화하자.

나는 평소에 친구 순의 판단을 잘 믿었다. 골칫거리가 있으면 순에게 의논해서 웬만하면 그녀의 상담을 따랐다. 조홍석이 내게 돈을 빌려달라고 했을 때 순은 이렇게 말했다.

주지 마. 헤어지면 돈 생각과 그 사람 추억이 섞여서 화가 나고 더 귀중했던 게 무엇일까 헷갈리기도 하니까. 헤어지지 않으면 어차피 둘의 돈도 함께 갈 거니까. 어쨌든 좋지 않아.

나는 순의 충고를 애써 무시하고 그에게 통장에 든 돈을 몽땅 건네줬다. 치졸하기 싫었고 사랑의 감정만큼 돈이 소중하다는 의견을 경멸했다. 여행을 가기 위해 따로 떼서 모은 돈이었다. 그 돈으로 나는 갈 곳을 잡지와 블로그에서 찾아보며 즐거워했다. 상상 속에서 호주 한가운데의 거대한 사암바위인 울룰루를 찾아갔다. 석양에 순간순간 물드는 울룰루를 보고는 상상으로 호주를 한 달 머물며 호주 대륙의 절반을 돌아다녔다. 시베리아 횡단 열차를 타고서는 눈 덮인 평원을 끝없이 가로질렀다. 크로아티아였던가? 플리트비체 국립공원의 비취색 영롱한 석회암 호수를 폭포소리를 들으며 걷기도 하고, 미국의 서부에서 동부까지 자동차로 달리기도 했으며, 프로방스 지방에서 고흐가 그린 풍경을 스케치해보기도 했다. 그 돈으로 내가 안 해본 것이 있을까? 우주정거장으로 올라가는 것을 빼고는 지구 곳곳을 샅샅이 다녀 나는 세계일주를 절반은 해치운 느낌이었고 내가 다닌 공상의 목록은 갈수록 빽빽해졌다.

헤어지고 나서 나는 빌려준 돈은 잊었다고 생각했다. 내 처지에 많은 돈이었지만 나는 이별과 돈 문제를 잇는 치사한 사람이 아니었다. 그럼에도 나는 유치하고 뻔하고 상투적으로 그 돈의 주변에서 계속 맴돌았으며 마침내는 속 좁지만 돈의 무게가 추억의 무게보다 무겁다는 것을 인정하게 되었다. 사랑의 감정과 피부의 접촉감은 갈수록 옅어지고 그 돈으로 가려고 계획했던 먼 곳의 풍경들은 생생하고 강렬하게 살아났다.

꿈에서 나는 이국의 기차 승강대에서 역무원에게 주머니를 털어 보이며 돈이 없다고, 그래도 태워달라고 사정을 하고 있었다. 역무원이 내 멱살을 붙잡고 끌어내는 바람에 나는 화를 내면서 새벽에 깨어났고, 거실로 나가 잡지를 뒤적이고 검색을 하면서 마음을 눅였다. 자신도 모르게 여행 기사를 찾아보는 내게 나는 짜증이 났고 예전에도 몇 번 그랬던 것처럼 순의 충고가 옳았다고 인정할 수밖에 없었다.

조홍석이 입원한 호스피스 병원이 생각났으나 나는 그 병원을 애써 떠올리지 않으려고 노력했다. 그런 노력 자체가 내 마음이 끊임없이 그곳으로 따라가고 싶다는 반증이었을 것이다. 왜 병원에 가게 됐지. 아직 젊은 나이잖아. 나는 튀어 나오는 궁금증을 꾹꾹 눌러 잠재웠다. 고양이 미미의 죽음과 조홍석의 병원 소식이 비슷한 시간에 닥쳐 정신이 헷갈리기도 했다.

조홍석의 병원 소식을 들은 다음 날이었다. 저녁에 미미를 등에 새겨야 하는 날이다. 얀 킴은 나를 위해 저녁 시간을 온전하게 빼놓았다. 나는 샤워를 하고 몸을 말렸다. 등을 깊숙하게 타인에게 내놓는 일은 부담스럽다. 얀 킴은 손님에게 오해를 살 행동이나 말을 일절 하지 않는다. 여자 손님에게 지나치게 거리감을 두려는 느낌마저 들었는데 얀 킴은 손님이 불안하지 않게 하려는 노력이라고 말했다. 타투를 새기는 건 내 직업이고 난 아티스트니까요.

타투 가게로 가려고 옷을 입는 도중에 친구 순에게 전화가 왔다. 망설이다가 전화를 받았다.

전화를 왜 한 지 알지. 오늘 병원에 한번 가봐. 호스피스 병동에 들어가면 언제 어떻게 될지 모른다니까.

나는 짐짓 어기대었다. 직접 전화하라고 해.

걔가 전화를 바로 못한다는 건 네가 잘 알잖아.

긴 망설임 끝에 호스피스 병동을 찾았다. 잠깐만 시간을 내고 얀 킴의 타투 가게로 가면 늦지는 않을 것 같았다. 호스피스 병동은 11층 병원 건물의 꼭대기 층이었다. 건강보험공단에서 호스피스 병동 확대 사업으로 지원한다는 병동은 이름과 달리 가까이 다가갈 때까지 죽음의 냄새를 풍기지는 않았다. 간호사는 선선히 면회를 허락했다. 환자의 몸이 허락할 때까지는 자유롭게 만나게 한다는 방침이라고 말했다.

면회를 많이 오나요.

사람마다 다른데 나이 든 분들은 드물어요. 환자가 연락해서 만나는 분들도 있어요.

그런 분은 무슨 이야기를 나누나요.

심각한 얘기는 잘 하지 않더라고요. 상황 자체가 이미 심각하니까요. 4인 병실인데 조용할 거예요. 어제 한 사람이 떠났거든요. 커튼을 치셔도 좋아요.

병실은 낮은 칸막이로 나눠져 있었다. 조홍석은 볕이 좋은 창가 침대에 누워 있었다. 죽음 가까이 다가선 환자에게 연상되는 주렁주렁 달린 호스 하나 없어 타투를 시술하기 위해 기다리는 사람 같았다. 나는 침대 옆의 의자에 앉았다. 그는 나의 출현에 반가움을 애써 감추며 고개를 끄덕거렸다.

좋아 보이는데.

아직까지는 나쁘지 않아.

어디가 좋지 않아?

그는 배 한가운데를 가리켰다. 여기 깊숙한 곳. 암은 심장마비나 뇌출혈보다는 괜찮은 병이야. 죽음까지 여유가 길거든.

그가 팔을 내 쪽으로 던져놓았으나 나는 손을 잡지 않으려고 애썼다.

아프지는 않아. 통증이 없는 암도 많아. 그렇다고 살아나는 건 아니지만 말이야.

그는 몸을 반쯤 일으켜 베개에 등을 기댔다. 나는 그의 윤기를 잃고 쪼글쪼글한 손을 보며 첫 만남의 감촉을 기억해내려 애썼다. 그의 손끝과 그가 어루만진 등의 촉감. 그러나 그날의 감촉은 꽁꽁 숨어버렸다. 언젠가 조홍석이 아닌 그를 닮은 사람을 만났던 것은 아닐까. 나는 지금까지 다른 사람과 조홍석을 착각하는 건 아닐까 하는 생각마저 들었다. 침묵의 공백을 메우려고 날씨 얘기를 꺼냈다.

여긴 볕이 좋은데.

좋지만 독식은 안 돼. 1주일마다 안쪽 사람과 자리를 바꿔. 어쨌든 중환자실에 비하면 천국이야. 온갖 호스에 바늘을 꽂고 이중문에다 경비까지 지키고 서서 나갈 수도 없었다니까.

중환자실에 오래 있었어?

그는 인상을 찌푸리며 말했다.

3주.

조홍석이 무심한 듯이 물었다.

참, 키우던 동물 타투를 했다면서, 보여줄래?

친구 순이 말했을까? 그렇지는 않을 것이다. 내가 키우는 동물의 타투를 새긴다는 것은 주위의 친구들 여럿이 알고 있었다. 그런 이야기들이 그에게도 흘러들어 갔을 것이다. 내가 새긴 개 할리는 얀 킴의 스튜디오 벽에도 걸려 있어 찾아온 손님들의 감탄을 자아냈다. 똑같은 도안으로 해달라고 조르는 손님도 있다고 한다. 이제는 아무 인연이 없는 남자의 부탁을 들어줘야 하나? 단지 예전에 사라진 감정과 이제는 폭우처럼 지나가 버린 육체의 접촉 때문에. 나는 이런 생각을 하면서도 커튼을 치고 윗옷을 내리고 있었다.

내 등의 오른쪽이 할리고, 중앙은 갑작스런 사고를 당했던 개 투투였다. 투투는 유기견 보호소에서 데려온, 작은 귀가 살짝 접혀 있는 잭 러셀 테리어 종이었다. 운동과 놀이를 좋아하는 활동적인 개라서 아침에 동네 공원으로 나가서 30분을 같이 뛰었다. 집으로 돌아가자고 목줄을 당기면 이제 몸 풀었는데 벌써 하는 아쉬운 얼굴로 따라왔고, 그때마다 보호소의 창살 사이로 나를 물끄러미 쳐다보는 검은 눈이 떠올라서 처연하게 겹쳤다. 자신이 선택받지 못하면 죽음이라는 것을 아는

달관한 눈이었다. 그럼에도 유기견 보호소에서 투투는 선택받기 위해 호들갑스러운 반가움을 보이거나 꼬리를 정신없이 흔들지는 않는 자존감 강한 개였다. 인연이 닿으면 만나고 인연이 다하면 어쩔 수 없지, 투투는 그렇게 몸으로 말하고 있었다. 투투, 일 년을 같이 생활했던 개는 어느 날 공원 주차장에서 차 문을 열고 가방을 꺼내는 몇 초 사이에 사라졌고 몇 분 후에 공원 옆의 도로에서 차에 치여 발견되었다. 개를 친 차 주인이 시트가 피에 젖는다고 운송을 거부했다.

개가 미쳤나 봐. 갑자기 뛰어들었다니까.

투투는 하반신이 차에 깔려 피투성이였으나 차에 싣고 동물병원으로 가는 사이에 신음 한 번을 내지 않았다. 자신의 잘못이니 이 정도 벌은 받아도 싸다는 담담한 얼굴이었다. 동물병원에 가자 수의사는 고개를 저었고 머지않아 개는 검은 눈으로 나를 바라보고는 의식을 잃었다. 애틋하기도 하고 행복했다는 감정을 담은 눈이기도 했으며 어딘지 의심과 공포가 깔린 것 같기도 했다. 왜 개가 갑자기 공원 밖 도로로 달려 나갔을까? 먼저 뛰어나가 장난을 치려고 그랬던 것일까? 주인이 투투를 처음 버린 곳이 혹시나 그 공원이었을까? 투투에게 그 공원이나 공원과 비슷한 곳이면 미친 듯이 뛰어나갈 잊지 못할 트라우마가 새겨졌던 것일까?

투투가 죽은 그날 동물병원에 달려온 얀 킴은 투투가 갑자기 왜 뛰쳐나갔을까 하는 나의 의문에 개의 마음을 어떻게 알겠냐며 싱겁게 대답했다. 그건 인간의 복잡한 마음을 어떻게 알겠냐는 말처럼 들렸다. 얀 킴은 정물처럼 투투의 시체를 여러 번 살펴보았다. 그가 그린 투투의 도안은 튼튼한 네 다리로 서서 고개를 돌려 옆을 바라보는 모습이었다.

투투를 새길 때는 같은 타투머신에 같은 크기의 바늘인데도 할리와 달리 무척 아팠다. 투투의 윤곽과 크기를 잡는 선 작업인 라이닝을 할 때부터 심상찮게 통증이 몰려왔다. 급기야 몇 번 신음을 내지르자 얀 킴은 시술을 멈추고 기다렸다가 다시 머신을 올렸다. 명암 작업을 하는 플랫 바늘을 올린 머신을 들면서 얀 킴이 물었다.

며칠 쉬었다 할까요?

계속해주세요. 계속.

이를 악물었다. 투투가 주인에게 버림당한 공허감, 차에 치일 때 하반신을 꿰고 나간 고통이 내 등을 칼로 죽죽 그으며 몰려온 것 같았다. 나는 침대의 구석을 손으로 꽉 쥐며 어떤 배신을 떠올리고 있었다. 어쨌든 할리와 투투, 두 마리는 나와 함께 내 몸에서 살아간다.

조홍석이 손가락을 내 벌거벗은 등에 올렸다. 섬뜩한 느낌이 살갗을 달려서 지나간다. 저 인간과 몇 년이나 어떻게 뜨거웠을까? 그가 손바닥으로 등의 오른쪽에 새겨진 할리를 쓸어본다. 할리의 비명이 들리는 것도 같았다. 아마도 오늘이 마지막 만남이겠지. 나는 잘 대해주라는 친구 순의 당부를 새기며 침묵한 채로 앉아 있다. 등의 근육이 긴장하고 오스스하게 소름이 돋아 오른다. 욕지기가 툭 올라와 손으로 입을 틀어막았다.

옆 칸막이에서 힘없는 기침이 터져 나왔다. 기침은 연약하고 안타깝게 이어지다가 가냘픈 헐떡거림으로 변했다. 그러고는 고양이 미미가 마지막으로 내뱉은 소리를 닮은 켁켁 하는 목소리가 이어졌다. 목구멍 깊숙이 단단하게 박힌 가시를 필사적으로 뽑아내려는 악이 담겼으나 힘없이 잦아들었다. 간병인으로 보이는 여자가 환자를 달래고는 일어나서 밖으로 나갔다. 간호사가 곧 들어왔다.

조홍석이 손바닥을 할리의 몸에 덮으며 말했다. 자주 본 놈이네. 이름이……. 그는 개의 이름을 잊어먹었다. 예전에는 이름을 곧잘 부르고 사료를 사서 먹이도 직접 주었다. 그가 나를 방으로 끌고 들어가 문을 닫으면 할리는 한참을 기다렸다가 지나치다 싶으면 방문을 앞발로 두들겼다. 뭔 짓을 그래 오래 하는 거야. 할리는 몇 번을 두들기고는 반응이 없으면 포기를 하고 인간이란 동물은 정말로 하는 표정으로 거실을 걸어 다녔다.

그가 등 중앙의 투투에 손을 올렸을 때 나는 몸을 흔들고 살며시 일어났다. 나는 개운치 않은 섹스를 마친 마음으로 옷을 올리고는 커튼을 걷었다. 핸드백을 손에 쥐자 그가 말했다.

부탁할 게 있어. 난 어차피 오래가지 못해, 그러니까…….

그러니까, 뭐야. 그가 죽음을 애처롭게 이용하는 것 같아서 짜증이 솟았다. 그가 머뭇머뭇하다 단숨에 말을 해치웠다.

나를 네 등에 새겨 줘.

그는 당혹스러워하는 내 얼굴이 부정적인 반응인지 눈치껏 헤아리며 덧붙였다. 특별대우를 바라는 건 아냐. 개와 비슷한 크기에 비슷한 명암으로.

나는 그에게 얼굴을 바짝 갖다 대었다.

무슨 자격으로?

자격이야…… 없지만, 네 등에 있으면 편안할 것 같아. 개들도 그렇게 보이는데.

그는 지쳤는지 숨을 헐떡대며 말했다. 잠깐의 대화와 만남으로도 기력이 다했는지 이제 그의 모습은 망가질 대로 망가진 말기 환자로 보였다. 베개에 기대 앉아 있는데도 엄청난 에너지를 쓰고 있었다. 그가 안간힘을 쓰며 대화를 나누는 사이에 활력은 점점 빠져나가 침대 아래로 굴러 떨어질 것 같았다. 조홍석이 힘을 겨우 끌어 모아서 말했다.

네 생각을 많이 한 건 사실이야. 죽을 때가 가까워 오면 추억들이 몰려오거든. 우리 한때는 나쁘지 않았잖아.

나는 그의 말을 단숨에 자르며 말했다.

너를 위한 자리는 없어.

나는 속으로 냄새나고 고리타분한 추억을 마지막까지 우려먹어 보겠다? 되뇌며 타인의 토사물을 본 것처럼 역겨웠다. 나는 몸을 돌리며 가방을 거칠게 거머쥐었다. 그는 온몸을 비틀어 팔을 뻗어서는 탁자에 놓인 봉투를 집어 들었다.

내 사진이야. 한 번 더 생각해봐.

그가 내민 봉투를 뿌리치려다가 병실의 간호사가 우리를 바라보고 있음을 깨달았다. 가족과 간병인으로 보이는 두 사람도 내게 관심을 보이지 않으려고 하면서 귀를 잔뜩 기울이고 몸을 비스듬히 세운 것이 느껴졌다. 봉투를 받아 들고 나는 그에게 최대한 감정을 억누르고 말했다.

네 자리는 다신 없어. 꿈도 꾸지 마.

조홍석의 병실에서 시간을 많이 잡아먹는 바람에 얀 킴의 작업실에 늦었다. 얀 킴은 어두침침한 가운데 기다리고 있었다. 그가 의자에 앉아 손을 모으고 기다리는 자세를 그는 마음을 모은다고 말했다. 어쩌면 그는 오지 않는 손님은 오도록, 늦게 오는 사람은 일찍 오도록 마음을 보내고 있는지도 몰랐다. 그는 내가 들어가자 스위치가 들어가야 작동하는 기계처럼 그대로 앉아 있었다. 꼭 어둠에 익어 인공조명을 무척 싫어하는 짐승의 모습이었다. 나는 조심스럽게 물어보았다. 불을 켤까요. 그럼요. 불을 켜자 눈을 깜빡이던 그가 부신 빛에 적응하자 내 차림에 감탄했다.

오. 굉장한데요. 오늘 데이트라도 하셨나요.

농담 말아요. 죽은 고양이와 데이트하는 날이지요.

죽은 고양이와 데이트라…….

얀 킴은 어깨를 으쓱하고는 시작할까요 물었다. 베드에 눕자 얀 킴은 도안의 윤곽을 그린 전사지를 등에 붙였다. 약품을 발라 얼마간 두면 보라색의 전사 잉크가 남았다. 얀 킴이 선을 잡는 라이닝을 시작했다. 시술을 시작하면 얀 킴은 무섭게 집중했다. 얕게 깔린 음악과 아린 등의 감각이 공간을 채웠다. 재즈밴드의 연주였다. 재즈 음악가라야 몇 사람밖에 모르는 나로서도 색소폰과 드럼의 리듬감이 예사롭지 않았다. 예전에 얀 킴이 시술하는 동안 듣고 싶은 음악이? 라고 물었을 때 나는 그냥 재즈라고 말했다.

보컬보다는 연주곡이 낫겠어요.

듣고 싶은 음반이 있으면 가져오시고.

아뇨. 그냥, 편하게 골라주면 좋겠어요.

얀 킴이 말했다. 재즈를 잘 아는 후배에게 얻었는데 탁월하지는 않지만 열심히 하는 밴드라네요. 귀에 익은 색소폰을 들으면서 나는 생각했다. 색소폰의 선명한 소리가 모습을 마구 바꾸는 구름으로 허공을 자유롭게 흘러내렸다. 저건 재즈밴드 류의 음반일 거야. 세 번째 음반을 냈다고 하더니.

오늘은 바늘을 따라 시큰하거나 뜨거운 느낌이 들기도 했다. 그래도 투투를 시술할 때의 통증보다는 옅었다. 시술이 끝나자 얀 킴이 긴 거울을 가져왔으나 나는 고개를 저었다. 얀 킴의 솜씨는 믿을 만했고 프로다웠다. 도안부터 시술까지 나는 그에게 믿고 맡겼다. 1주일이 지나서 아물고 자리를 잡으면 그때 등에 거울을 대고 아이 마중을 나가야지. 그가 조심스럽게 랩을 등에 대고 끝을 내게 넘겨주었다. 젖가슴을 돌려서 랩의 끝자락을 넘기면 그가 시술한 등을 감아서 다시 넘겨주었다.

잘 끝났어요.

얀 킴이 의자에 앉아서 보드카를 두 잔 연달아 마셨다. 한 잔은 자신을 위해, 또 한 잔은 시술을 마친 사람을 위해.

저도 한잔 줄래요. 아, 앞으로 1주일은 술은 곤란해요.

나는 농담이라고 웃으며 등을 가리켰다.

내 등에는 아이가 몇이나 들어올 수 있을까요. 앞으로 여섯 아이 정도. 엉덩이까지 내려가면 여덟 아이. 그걸 다 채우려면 120세까지 살아야 할 거예요. 한 번에 한 마리를 키운다면 말이죠.

나는 그에게 조홍석의 사진을 넘겨주었다. 한 장은 그가 나무 옆에 선 젊을 시절 사진이고, 한 장은 최근에 찍은 것 같았다. 상체를 드러낸 젊은 사진에 얀 킴의 이마가 작게 구겨지고 표정이 살짝 흔들렸다. 그는 바로 평소의 담담하면서 깊이를 담은 표정으로 돌아왔다.

어떤 이미지가 떠올라요?

그는 사진을 유심히 보고는 내게 건넸다.

등에 올릴 건가요?

나는 대답을 하지 않고 되물었다.

개는 정말 사람을 배신하지 않을까요.

얀 킴이 느릿하게 말했다.

그 아이들은 불안할 겁니다. 주인이 언제 자신을 버릴지 모르니까. 사람의 좋아하는 마음은 쉴 새 없이 바뀌니까.

그러니까 공포로 배신을 하지 않는다는 말?

그럴지도 모르죠.

그럼 내가 갑자기 죽으면 내가 키우는 동물은 사정도 모르고 배신당했다고 느끼지 않을까요? 강아지가 이렇게 말할 것 같아요. 등과 엉덩이에도 우리 타투를 새기며 잘난 척을 할 때 알아봤어. 어디로 내뺀 거야?

얀 킴은 그럴 경우도 생기겠다며 사진의 방향을 돌려서 다시 들여다보았다. 이미지가 잘 붙잡히지 않는지 그는 고개를 흔들었다. 그는 마치 이걸 새기면 등의 아이들이 낯선 사람에게 불안해하지 않을까 이렇게 말하는 것처럼 느껴졌다.

얀 킴이 다시 음반을 돌렸다. 피아노가 가볍게 스텝을 밟다가 색소폰이 리듬을 타면서 질주했다가 베이스와 드럼을 돌아보며 함께 박자를 맞추었다. 색소폰의 소리가 이상하게도 맑아 다른 악기로 변신이라도 한 것 같았다. 드럼이 중심을 잡았고 피아노와 베이스가 유연하게 색소폰을 막아섰으나 색소폰이 자신감 있게 앞장서 리드를 해나갔다. 그러면서 그들의 연주는 뭉쳤다가 풀어지고는 하나인 듯 모였다가 각자의 개성으로 나누어졌다. 색소폰은 '캄캄한 밤에 혼자 내버려져도 난

끄떡없어'라는 느낌으로 힘차게 전진했다가 아슬아슬하게 목소리를 낮췄다. 재즈밴드 류의 연주가 이런 거였나? 그날의 사건 이후로 밴드 류의 정기공연을 가지 않았다는 것을 기억하고는 친구 순과 같이 가야겠다고 마음먹었다. 얀 킴과 함께라도 좋을 것 같았다.

내가 일어서자 얀 킴이 말했다.

이 사진은?

나는 잠시 생각했다. 나를 사랑한 동물만으로 내 등을 채운다? 어쩌면 내 몸에 새긴 동물은 사실은 같은 한 마리인지도 모른다. 나는 천천히 또박또박 말했다.

잠깐 보관해줄래요. 아뇨, 아뇨. 그냥 버려주세요. 네. 고마워요.

집으로

그래, 모든 생각을 놓기 전에
마지막으로 붙들고 싶은 것…….

엄마는 보따리를 붙잡고 앉아 있었다. 보따리 다섯을 널어놓은 방은 비좁아 보였다. 차곡차곡 옷과 물건을 넣은 보따리는 두 번 단단히 매듭지었고 손에 들기 적당한 크기였다. 그중 붉은 보자기로 싼 보따리에는 비에 대비해 우산을 가로질러 꽂아놓았다. 보따리 하나는 뭘 챙겼는지 묵직해 들 성싶지 않았다. 해가 남아 있었으나 커튼을 쳐놓은 방은 어둑했다. 나는 엄마 앞에 앉으며 말했다. 이게 뭐야? 엄마는 억센 목소리로 말했다. 너도 하나 쥐고 가자. 어디로 말이야. 엄마는 이상하다는 얼굴로 나를 바라보았다. 어디긴. 집이지.

나는 엄마를 물끄러미 쳐다보았다. 엄마는 얼마 전 언니가 사드린 베이지색 바지와 적갈색 블라우스를 입고 머리핀을 두 개 꽂았다. 얼굴에 화장을 했고 입술도 붉게 칠했다. 엄마는 나를 마주 보자 집으로 간다는 갈망이 더 치솟았는지 서둘러 보따리 하나를 들고 일어섰다. 나는 엄마의 급한 마음을 달래려 자개농을 가리켰다. 이건 어떻게 가져가려고.

자개를 박고 옻칠을 한 자개농은 엄마의 보물이었다. 35년 전 구입한 12자 장롱 두 짝과 문갑이었다. 자개로 그린 해와 폭포, 고개를 돌린 산호색 사슴과 원앙 무늬가 찬란했다. 이제는 찾는 사람이 없어 거저 줘도 가져가지 않는 애물이 된 자개농은 엄마가 산 그 시절만 해도 안정된 생활임을 자랑하는 세간이었다. 자개농은 그때 막 약사가 된 언니 월급 두 달치에다 엄마가 모은 적금이 함께 들어갔다. 엄마는 만나는 사람마다 큰딸이 해준 자개농 장롱을 칭찬했는데, 특히 친구들이나 이웃들에게 보여줄 때는 체면도 잊고 즐거워했다.

엄마는 자개농 생각에 머뭇대며 입술을 달싹거리다가 집으로 간다는 욕구가 강했는지 한숨을 포옥 쉬고는 그래도 가야지, 라고 말했다. 오늘은 제가 바빠 안 되고요. 내일 갑시다, 내일 수업 마치는 대로 올게요. 초등학교 교사인 나는 구멍이 난 엄마의 인지능력을 기대하고 말했다. 엄마는 최근의 기억을 까먹었다. 불과 한 시간, 아니 십 분 전에 한 행동을 잊어먹었고 그 망각 부분을 맘대로 상상해서 그럴싸하게 꾸며 넣기도 했다. 어떻게 하든 엄마 기억에 생긴 구멍은 날이 갈수록 넓어지고 있었다. 가까운 날의 기억은 자리를 잡지 못하고 그 구멍 속으로 쑥쑥 빠져버려 사라졌다.

그러나 대체로 무난하게 생활했고 용변과 식사도 큰 문제가 없었다. 엄마는 텔레비전 드라마와 옛 노래가 흘러나오는 라디오를 벗 삼아 내가 추측건대 편안한 노후를 보내고 있었다. 나라에서 지원하는 시간제 간병인이 어머니가 혼자 사는 소형 아파트로 방문해 어머니의 살림을 거들었다. 간병인만으로 어머니를 챙기기 부족해서 우리도 시간제 아주머니를 들였다. 어머니는 집안 청소를 겨우 했지만 엉성했고 식사를 챙겨들지는 못했다. 밥과 찬을 차린 식탁 앞에 앉혀놓고 독촉을 해야만 음식을 먹었다.

보따리 옆에 앉은 엄마를 놔두고 아주머니가 나를 거실로 살짝 불러 아무래도 이상하다는 말을 건넸다. 며칠 사이에 어머니가 변해버렸다는 얘기였다. 골똘한 생각에 빠져들어 밥을 절반은 흘렸다고 했다. 엄마가 아무도 없는 식탁 자리에 누군가 앉은 것처럼 수저와 밥그릇을 놓고 많이 먹어라 하며 이야기를 나눌 때도 있다 했다. 빈자리에 수저를 둔다고요? 그런 적이 없었는데요. 그러게 말이에요. 다정스레 말하는 모습이 돌아가신 남편 분 아닐까 싶은데. 여태 한 번도 그러지 않았는데요. 하여튼 많이 먹으라고 할 때 안타까운 목소리라 마음이 짠했다니까. 아유. 그 목 메이는 소리를 들어봤어야 하는데.

유월이라 해는 아직 남아 있었다. 나는 엄마를 모시고 엄마가 찾는 집으로 가볼까 했다. 그런데 어디에 있는 집일까? 가장 최근에 엄마가 떠나온 단독주택은 재개발을 하면서 집들을 모두 부숴다. 유명 건설회사가 아파트를 짓는 공사현장은 깊게 땅을 파서 파일을 쿵쿵 박고 있었다. 부수기 전 오래된 주택단지는 집집마다 감나무와 무화과나무, 대추와 석류나무가 한 그루씩은 있었고 어떤 집은 담쟁이가 담과 벽을 온통 푸르게 감싸고 있었다. 엄마 집 묵은 석류나무는 단맛 가득한 석류가 풍성하게 열려 가을이면 입을 빨갛게 물들이며 먹곤 했었다. 높은 집이라야 3층이었고 좁은 골목길은 차가 한 대 겨우 들어갈 수 있는 너비였다. 골목에 줄을 이어 주차한 승용차는 앞창에 전화번호를 달았고 나가려는 차가 호출하면 즉시 사람이 뛰어나왔다. 공사장을 빙 둘러 가림 판이 쳐 있고 덤프트럭이 들락날락하는 그곳에서 예전의 정겹고 한가했던 주택지 모습은 찾아볼 수 없었다. 그렇다면 단독주택 전에 살았던 집을 말하는가?

엄마는 조전동과 그 주변에서만 60여 년을 살아왔다. 내가 기억하는 가장 오래된 집은 마당 가운데 우물이 있던 집이었다. 우물을 둘러싸고 일곱 집이 미음 자 모양으로 둘러섰다. 일곱 집의 아이들은 가족처럼 같이 뛰놀고 동네를 쏘다녔다. 마당에서 고무줄놀이를 했고 연못에 잠자리를 잡으러 다녔다. 우물은 한여름에도 냉기를 뿜어 올렸다. 어린아이였던 내가 두레박을 우물 깊숙이 던져 낑낑대며 길어 올리면 기껏해야 물이 반밖에 차지 않았다. 어른들은 두레박에 물을 가득 담았고 금방 길어 물통을 채웠다. 그때 내게 어른과 아이의 차이란 물통에 쏟아붓는 두레박 물의 차이였다.

엄마. 가고 싶은 집이 어디에요. 마당에 우물이 있던 집? 엄마가 미간을 모으고 입술을 꾹 다문다. 그 집이 아닌가? 두레박을 우물에 던지면 철렁 하고 소리가 났잖아. 엄마도 물을 잘 길었지. 엄마가 보따리를 밀며 말한다. 그래. 내일 집에 가자. 엄마가 멀쩡한 정신으로 순순히 포기한 것 같아 깜빡 속을 뻔했다. 몇 분만 지나면 엄마는 조금 전에 한 말과 행동을 잊어먹기 일쑤다. 그럼. 엄마 한 밤 자고 내일 올게. 나는 엄마의 엄지를 세워 하룻밤이라고 거듭 말해놓는다. 어쩌면 엄마는 내일이면 어딘지 알 수 없는 집으로 간다는 욕망을 잊을지도 모른다.

저녁에 집으로 돌아와 찬숙 이모에게 전화를 걸었다. 찬숙 이모는 조전동에서 오래 산 엄마의 동갑내기 친구였다. 엄마 집에도 자주 놀러 와 국수를 먹고 파전도 부치는 사이였다. 찬숙 이모는 얼마 전에 무릎 연골을 인공관절로 바꾸는 수술을 해서 엄마 집에 뜸했다. 무릎과 허리가 좋지 않지만 정신은 맑고 똑똑했다. 육십 년 전의 자장면이나 버스표 값을 정확하게 말하고 그 시절의 조기 한 두름과 구공탄 네 개 가격을 비교하기도 했다.

찬숙 이모는 엄마가 옛집을 찾는다는 말에 침묵했다. 나도 눈치챌 수 있는 불안과 두려움이 깔린 정적이었다. 전화기 너머로 찬숙 이모가 뭔가를 탐색하고 있는 기운이 느껴졌다. 이모는 내게 엄마가 집 얘기를 하면서 난폭하거나 울지 않았는가 물었다. 아뇨. 온전하게 말했고요. 조금 집요하다는 생각은 들었어요. 글쎄. 그렇게 맨 정신으로 집에 가면 좋겠다만. 아. 네. 근데 엄마가 말하는 집이 어디 같아요? 내가 생각하기는, 찬숙 이모는 쇳소리가 섞인 기침을 몇 번 뱉고 말했다.

학천 옆에 팽나무 알아? 그쪽 골목에 있던 작은 집일 거야. 그곳이라면 단층 주택은 사라지고 지금은 3층과 5층 빌라가 줄지어 있는 곳이었다. 나는 그 집을 알지 못했다. 팽나무는 구청에서 노거수로 지정해서 가득이나 좁은 도로의 한쪽을 가로막고 있었다. 혹시 나무가 넘어질까 봐 나무 아래쪽에 지지대를 받치고 몸통 중간쯤에 견인줄을 매서 땅에 박아놓았다. 지금도 푸른 잎이 무성한 고목은 덩치가 대단해 쓰러지면 지나는 사람이 큰 사고를 당할 수 있다는 말을 들었다. 학천은 나도 어릴 적 자주 놀던 자연하천이었다. 물이 깨끗하고 시원해 여름이면 물놀이를 많이 다녔다. 이상하게도 학천에선 꼭 일 년에 한 명씩은 물에 빠져 죽었다. 물귀신이 된 사람은 조전동에 사는 주민이나 어린애이기도 했고 먼 동네 사람이기도 했다. 작년에 죽은 사람 넋이 물귀신이 돼 한 명씩을 끌고 들어간다는 말을 어른과 아이들이 똑같이 믿어 여름이면 학천의 시원한 물 유혹을 이겨내며 물가에서만 놀았다. 오래전 조전동에서 학천을 지나는 다리는 두 개였는데 4차선과 2차선 다리로 새로 지어 놓았다. 학천은 구청에서 예산을 들여 하천 옆으로 산책로와 운동시설을 만들고 가뭄이 들어 수량이 부족하면 수돗물을 끌어당겨서라도 수질을 유지했다. 그래도 물은 예전보다 줄어들어 깊어야 겨우 무릎 정도에 불과했다.

찬숙 이모, 난 그 집이 기억나지 않아요. 그럴 거다. 네가 태어나기 전 집이다. 너희 엄마는 끔찍이도 그 집을 싫어했다. 어휴. 좋은 기억만 가지고 가야 할 텐데. 왜 그 집이 떠올라서는. 그 집에서 무슨 일이 있었어요? 에구. 이제 다 지난 일이다. 늙어 귀신이 되어가는 마당에 옛집은 무슨. 50년 넘는 세월이 골목과 집과 길을 깡그리 바꿨는데.

다음 날 낮에 학교로 아주머니가 전화를 해 다급한 말을 쏟아냈다. 이 일을 어째. 글쎄. 화장실 청소하고 나오니까 사라졌다니까. 보따리도 하나 들고서. 엄마는 7층에서 엘리베이터를 타고 사라졌다. 아주머니는 아파트 단지를 뒤지고 도로 맞은편 주택 단지를 찾고 있었다. 아주머니, 제가 수업 마치는 대로 갈게요. 언니에게 말할까 했지만 매어 있기는 약사가 더 심했다. 갑작스런 일이 생겨도 약국을 지켜야 할 약사를 어디선가 구해놔야 했고 그렇게 손을 내밀면 옆에서 기다렸다는 듯 바로 올 약사는 드물었다. 나는 뒤숭숭하게 수업을 마치고 바로 엄마 집으로 달려갔다. 집에 도착할 즈음 아주머니에게 반가운 전화가 왔다. 숨이 찬 목소리로 아파트 옆 놀이터에 엄마가 앉아 있다고 전했다.

아주머니는 거의 죽을상이었다. 두 시간이나 여기저기를 뛰어다닌다고 옷이 젖고 머리가 엉클어져 있었다. 아주머니는 대뜸 일을 그만두겠다는 말부터 했다. 오늘 같은 일을 두 번 당하면 심장이 열 개라도 못 견뎌요. 하늘이 어찌 아득했던지. 남의 집 귀한 사람 잃어버리면 내 죄가 얼마나 크겠소. 어휴. 어지러워라. 앞으론 어쩔까 몰라. 한 번 집 나가기 시작하면 온 천지를 돌아다닌다는데.

나는 엄마를 찬찬히 바라보았다. 큰방에 앉은 엄마는 보따리 하나에 손을 올리고 생각에 잠겨 있었다. 엄마, 밖에 나갔다면서. 어디 갈 데가 있어 찾아봤다. 어디? 엄마는 화가 난 목소리로 답했다. 집이지. 집에 가야 된다. 엄마, 그래서 집을 찾았어? 엄마는 대답 없이 변해버린 조전동 일대 주택과 풍경에 머리가 복잡한지 입을 꾹 다물고 있었다. 엄마의 머릿속엔 몇십 년 전 풍경이 고스란히 살아나 방향을 가리키고 있는지 모른다. 그 풍경은 도로 확장과 재개발과 아파트 건설로 아득하게 바뀐 지 오래였다.

찬숙 이모가 집으로 오셨다. 병원에서 치료를 계속 받아도 무릎은 여전히 시원찮은 모양이었다. 찬숙 이모는 엄마를 보자, 니 내 알겠냐? 큰 소리로 물었다. 엄마는 별 소리를 다 듣겠다는 얼굴이었다. 찬숙이 아이가. 그래 맞다. 니 내를 언제 봤나. 언제 내가 여기를 왔는데. 엄마는 서슴없이 어제라고 대답했다. 찬숙 이모는 무릎이 아파 한 달 넘게 엄마 집에 오지 못했다. 이모는 허허 웃으며 그래 어제 봤다. 어제지. 똑똑하던 너도 가는구나. 그래. 너나 나나 이제 갈 때도 됐다. 그런데 집은 왜 찾는데. 니 집은 여기 아니가. 엄마는 버럭 화를 냈다. 여기가 어디 내 집이고! 여기는 잠시 쉬는 곳이야. 이모가 말했다. 그랬나. 그럼 여기는 언제 왔는데. 어제 안 왔냐. 저기 지은이하고. 엄마는 나를 가리키며 천연덕스럽게 말했다. 엄마는 소형 아파트에서 살았던 1,100일의 날을 꾹꾹 압축해서 달랑 하루로 포장하고선 중요하지 않은 기억을 모아둔 머릿속 한 칸에 치워버렸다.

나는 모란 무늬가 풍성하게 들어간 커튼을 가리키며 물었다. 엄마가 모란 무늬가 들어가야 한다고 고집해 비싼 돈을 들여 장만한 커튼이었다. 저 커튼은 언제 한 거야. 엄마는 밝은 표정으로 고개를 끄덕이며 말했다. 저것도 어제 했지. 넌 모르나. 엄마, 그럼 저 자개농도 어제 온 거야. 엄마는 자개농이 그 자리에 있는 줄 이제야 깨달았다는 듯 놀란 눈으로 농을 바라보았다.

자개농은 어제에 붙잡힌 엄마의 시간 감각을 깨우는 데 효과가 있었다. 엄마는 분명 먼 시간을 거슬러 자개농이 대접받던 시간으로 돌아간 듯했다. 그러나 엄마 얼굴에는 자개농을 기뻐하거나 자랑스러워하는 기색은 조금도 없었다. 엄마의 눈이 커지고 뺨이 실룩거리고 얼굴이 일그러졌다. 엄마는 흉물스런 물건을 이제야 알아보았다는 경악스런 얼굴이었다. 엄마는 벌떡 일어나 거실로 나갔다. 어리둥절한 사이에 엄마가 들고 온 물건은 망치였다. 찬숙 이모와 내가 말릴 틈도 없이 엄마는 자개농의 중앙에 놓인 폭포 무늬에 망치를 휘둘렀다. 꽝 소리에 장롱이 우르르 흔들리면서 자개가 뚝뚝 떨어졌다. 두 번째로 휘두른 망치에 사슴의 목과 뿔이 조각나서 바닥에 굴렀다. 엄마 왜 이래! 나는 망치 든 엄마 팔목을 붙잡았다. 엄마의 팔뚝은 완강했다. 나는 엄마가 어린 우리를 키우기 위해 장사를 하던 젊은 날로 돌아갔는가 싶었다. 엄마는 작은 식당을 운영하면서 온갖 허드렛일도 해치워 밀가루 포대와 감자 자루를 단번에 들어 옮길 만큼 팔 힘이 여간 아니었다. 엄마는 작은 식당을 아무도 데리지 않고 혼자서 다 쳐냈다. 초등학교 앞인데 중학교도 멀지 않아 아이들 손님은 그런대로 있었다. 새벽시장에 나가 야채를 사 오고 저녁 늦은 시간까지 문을 열며 단 한 사람의 손님도 더 받으려 애썼다. 김밥은 들어가야 할 야채 종류가 많고 싱싱해야 해 손이 많이 갔다. 엄마의 솜씨 좋은 떡볶이와 오징어다리와 감자튀김이 주위에 알려지고, 식당을 넓힌 첫 10년이 힘든 고비였다. 나는 어렸을 때 엄마를 도와주기가 어찌 그리 싫었던지. 식당에서 주문 받고 음식 나르는 일이 천해 보여 많이 울기도 했다. 중학교 친구들에게는 우리 집이 식당을 한다는 말도 하지 않았다. 언니는 장녀답게 엄마의 손 노릇을 톡톡히 해냈다. 언니는 새벽에 일어나 우엉과 단무지를 가지런히 썰어서 재놓고 학교에 갔다. 언니도 엄마만큼 독한 여자였다. 식당에 딸린 좁은 단칸방에 셋이 누우면 엄마는 숨소리 한 번 내지 않고 잠에 빨려들어 갔다. 언니는 그런 엄마를 물끄러미 바라보다 손을 꼭 잡아주곤 했었다.

엄마가 왈칵 나를 밀치며 망치를 다시 치켜들었다. 그 사이에 찬숙 이모가 엄마 발을 잡아당겨 엄마가 균형을 잃고 바닥에 쿵 주저앉았다. 여전히 악착스럽게 망치를 쥐고 있어 엄마 팔을 비틀고 손가락을 억지로 펴서야 망치를 뺏을 수 있었다. 드러누운 엄마는 중앙이 흉물스럽게 부서져 헐한 값이라도 받기는커녕 돈을 줘서 버려야 할 형편인 자개농을 보며 속이 시원하다는 얼굴이었다. 소동에 머리가 풀려 헝클어진 엄마는 입을 벌려 길게 웃었다. 왜 진작 저거를 꽝꽝 두들겨 조각내지 못했을까 하는 아쉬움이 담긴 얼굴이었다. 내가 망치를 얼른 부엌 찬장 위층에 숨기자 엄마는 일순간 달군 격정이 사라졌는지 평온한 얼굴로 돌아갔다. 엄마는 사물이 눈에 보이는 대로 반응하다 그 대상이 사라지면 딱 그 자리에 멈춰 서버리는 것 같았다. 허탈했다. 나는 엄마에게 부서진 자개농을 가리키며 말했다. 엄마. 이거 자개농, 부서진 거 언제부터 그랬어. 엄마는 심드렁하게 한마디로 몰라 하고는 입을 닫았다. 꼭 개구쟁이가 물건을 부수고 내가 한 짓이 아니라고 엄살을 떠는 행동 같았다. 이 비싼 농을 누가 이랬냐 짜증을 내면서 다시 캐묻자 엄마는 예의 입에 달린 답변을 꺼냈다. 어제부터 그랬다. 엄마는 능청스런 답을 내놓고 내가 사 온 쿠키를 부수어 먹고 있었다. 엄마는 먹성도 좋아졌다. 어쩌면 조금 전에 먹었다는 사실을 기억하지 못해서인지도 모른다. 엄마가 예전부터 좋아했던 단팥빵도 꺼내 하나를 먹었다. 엄마는 옆에 앉은 찬숙 이모에게 빵과 쿠키를 권하지도 않고 흘깃흘깃 눈길을 던지며 자신이 챙긴 음식을 입에 쓱쓱 넣고 있었다.

엄마가 시치미 뚝 떼고 되풀이하는 '몰라'와 '어제부터'란 대답은 엄마 지능이 어둠의 세계로 점차 들어간다는 정보가 없으면 무척 얄밉게 들렸다. 엄마의 기억은 가장 최근부터 하나씩 안으로 파먹어 들어가고 있었다. 파 들어간 기억의 고갱이에는 뭣이 들어 앉아 있을까. 국민건강보험공단에서 엄마가 치매로 4급 판정을 받을 때도 엄마는 묻는 질문에 '어제부터'라는 대답을 곧잘 했다. 집으로 찾아온 공단 직원이 엄마의 인지능력을 묻고 시험했다. 엄마는 자신의 앞에 앉은 공단 직원을 시험을 보는 관리로 생각해서인지 묻는 물음 하나하나에 똑바로 대답하려고 진땀을 흘리며 무진 애쓰고 있었다. 내가 공단 직원에게 너무 똑똑하게 대답한다고, 사실과 다르다고 말하자 직원은 할머니들은 치매 측정을 어떤 시험으로 착각해서 잘 대답하려 노력한다고 대답했다. 그런 우여곡절을 세 번이나 겪은 후에 어머니는 겨우 4등급 치매 판정을 받았다.

엄마의 망치질을 본 찬숙 이모는 심상찮은 얼굴이었다. 찬숙 이모는 부서진 자개 앞에서 어쩌면 좋을까를 연발하고 있었다. 그 시절로 돌아갔다니까. 그때로. 나는 물었다. 그때가 뭐예요. 무슨 일이 있었어요. 인생 막바지에 나쁜 기억이 올라

와서 뭐 하겠어. 그러면 안 되는데. 그게 고질로 깊숙하게 박혀 있었나. 아유. 나는 방문을 닫고 찬숙 이모를 거실로 데리고 나왔다. 엄마는 태연하게 우리 둘에게 눈도 돌리지 않고 단팥빵에 집중하고 있었다. 도대체 무슨 일이 있었던 거예요. 이모. 나는 찬숙 이모에게 물었다. 그러나 찬숙 이모는 홀로 무슨 생각에 빠져서 고개를 저었다. 찬숙 이모는 나를 빤히 쳐다봤다. 아니다. 내가 뭘 잘못 생각했나 보다. 그럴 일이 없어. 그럼 그럴 리가 없어. 찬숙 이모는 한사코 고개를 저었다.

나는 찬숙 이모를 포기하고 다시 엄마 방에 들어갔다. 엄마는 단팥빵 남은 부분을 꿀꺽 삼키고 오물오물 씹었다.

엄마. 나랑 집에 가봐요. 그래 집으로 가야지. 단팥빵을 다 넘긴 엄마는 서슴지 않고 보따리 하나를 잡고 일어섰다. 너도 보따리 들어라. 나는 엄마를 차에 태우고 학천 옆 팽나무 거리에 내렸다. 엄마는 차에서 내리자 활발하게 팽나무 옆길로 들어섰다. 3층 연립주택이 나란히 선 길을 따라 걷다가 다시 돌아 나왔다. 엄마는 이번에는 신중하게 발걸음을 재서 다시 길로 들어갔다. 길에서 세 번째로 서 있는 연립주택 앞에 섰다. 엄마는 작심한 듯이 1층으로 들어갔다가 계단을 만나선 다시 나왔다. 계단은 옛 단층집에 있을 턱이 없는 구조였다. 나는 엄마를 뒤따르며 물었다. 여기가 엄마가 찾는 집이에요. 엄마는 대답 없이 안타까운 얼굴로 길을 돌아 나와 팽나무 앞에 섰다. 해가 뉘엿뉘엿 지고 있었다. 물이 흐르고 높은 건물도 없었던 옛날 학천 주변은 풍경이 그윽했다. 그 시절에는 학이 여러 마리 천에서 먹이를 찾곤 했었다. 노을이 질 때면 하늘은 궁핍했던 삶을 지우는 화사한 빛이 돌고 아이들은 저녁을 먹으러 집으로 돌아가며 재잘대었다. 일 년에 사람을 한 명씩은 잡아 삼켰기에 노을이 핏빛을 머금어 더 아름답다는 말도 들은 것 같다.

엄마는 학천 집에서 지냈던 삶의 한 조각이라도 건질까 의미 없는 발걸음을 하고 있었다. 엄마 기억에 든 풍경에 맞는 광경이 한 조각도 없으면 엄마는 집으로 가는 길을 포기할지도 모른다. 그러면 엄마의 아픈 기억도 뽑혀 나갈까. 내가 그렇게 일이 잘 되어가리라고 생각하는 사이에 엄마의 시선이 한곳에 꽂혔다. 예전에 학천 나무다리가 있었고 지금은 차도와 인도가 있는 근사한 콘크리트 다리가 놓인 곳이었다. 자주 봐왔던 다리였고 그 변모도 기억했다. 나는 아득한 시절로 접어들며 종전과 다른 기이한 느낌이 들었다. 기이한 감정 속에 뭔가 뾰족하고 무서운 기억이 숨었다가 점점 몸피를 키워 기억을 열고 나섰다.

그날도 지금처럼 노을이 아름다운 저녁 무렵이었다. 여섯 살 즈음이었던가, 나는 친구들과 놀다가 나를 데리러 온 엄마와 같이 문득 멈춰 나무로 된 학천 다리를 보고 있었다. 멀리 다리에서 둥둥 울리는 북소리가 어린 나를 불안하게 하면서 사람을 끌어당기는 그 독특한 소리가 나를 떠나지 못하게 했다. 다리 위에서 무당이 춤을 추고 있었다. 붉은 옷을 입고 모자를 쓴 무당은 점점 빨라지는 북소리에 맞춰 뛰고 있었다. 물에 빠져 죽은 자의 넋을 건지는 굿이었다. 대나무 손잡이에 조각 한지를 붙인 도구를 손에 들고 휘저었던 것도 같다. 북과 장구에 나팔인지 태평소인지 모를 소리가 뒤섞여 박자를 맞춰 높아지다 북소리만 둥둥 남았다. 물에서 죽은 아이의 넋이 올라온다고 했다. 넋은 다리 위에 선 대나무 가지로 옮겨 왔는데 그 넋대를 무당이 잡아 들었는지 죽은 이의 엄마가 들었는지 모르겠으나 대나무 가지가 온통 서슬 퍼렇게 흔들리던 장면은 어제처럼 생생했다. 나는 사람의 영혼이 넋대에 들어와 거세게 흔든다는 사실에 너무 놀라 엄마의 치마를 꼭 붙잡고 붙어 서 있었다. 노을은 붉게 타고 북소리와 세차게 흔들거리는 대나무 가지가 뭉쳐 한 장면으로 꼭 붙어 있었다. 엄마와 나는 오래도록 그 모습을 보았던 것 같다. 무시무시하면서 죽은 자도 잘 달래면 무서울 게 없다는 안도의 순간이기도 했다.

엄마가 학천 다리로 성큼성큼 걸어갔다. 나는 엄마를 쫓아 달렸다. 엄마의 발걸음이 빨라 겨우 따라잡았다. 다리를 걸어서 지나가는 사람은 드물어 인도는 한적했다. 엄마는 인도 가운데로 걸어가서 뚝 멈춰 섰다. 엄마가 주저 없이 오른팔을 올리더니 왼팔을 잇달아 올렸다. 엄마의 발걸음과 어깻짓이 빨라지며 덩실덩실 춤을 추기 시작했다. 손을 앞뒤로 흔들며 펄쩍펄쩍 뛰기도 했다. 엄마 춤에는 누구라도 가까이 다가

설 수 없는 기운이 뚝뚝 흘러 그 춤 동작 가까이 들어가면 튕겨 나올 것만 같았다. 나는 그 옛날 다리에서 넋을 건지던 무당의 춤과 똑같은 엄마 춤을 멍하니 바라보았다. 엄마는 그때 죽은 아이의 넋을 구해내려는가. 나는 속으로 부르짖었다. 엄마. 그 애 넋을 구해낸들 이제 어쩌겠어요. 그만 돌아가요. 붉은색에 핑크와 보라가 섞여 핏빛이기도 하고 예쁜 포장지 같기도 한 노을이 잿빛으로 사라지고 있었다. 엄마는 혼신을 다해 춤의 절정을 향해 달려가고 있었다. 하지만 어디에도 넋대는 없었다. 다리를 지나가는 사람이 우리 모녀를 흘깃거리며 무슨 짓이야 하는 의심스런 얼굴로 쳐다보았다. 그러나 그뿐이었다. 다리를 지나는 몇 사람 누구도 멈춰서 엄마 춤을 지켜보지 않았다. 엄마는 예전 굿과 달리 지켜보는 사람도, 풍악도, 넋대도 없이 혼자만의 행진을 계속하고 있었다. 문득 엄마가 멈춰서 온몸을 떨기 시작했다. 엄마는 다리 중앙 철제 난간에 손을 올리고 그 난간을 움직이려고 애를 썼다. 아이의 넋이 되살아 왔다면 그 철제 난간도 대나무 넋대처럼 휘엉휘엉 흔들릴 것인가. 노을이 끝난 잿빛 하늘로 어둠이 차올랐다. 엄마 발걸음과 몸짓은 처음 시작할 때처럼 돌연히 그쳤다. 엄마는 여기 무슨 일이지 하는 넋 나간 얼굴로 우두커니 어둠을 향해 서 있었다. 학천 다리 아래로 산책하는 사람이 대화를 도란도란 나누며 지나갔다. 엄마가 내게 말했다. 집으로 가자. 네. 엄마, 집으로 가요. 엄마는 내 손에 이끌려 순순히 엄마가 사는 집으로 돌아왔다.

찬숙 이모는 늦은 시각까지 집을 지키고 있었다. 나는 이모에게 캐물었다. 옛집에서 엄마에게 무슨 일이 있었어요? 이모. 나는 찬숙 이모를 다시 다그쳤다. 엄마가 저 지경인데 이제 와서 못 할 말이 어디 있어요. 예, 이모 말해봐요. 제발. 이모까지 이럴 거예요? 나는 찬숙 이모의 어깨를 흔들며 노려봤다. 그 서슬에 찬숙 이모도 어쩔 수 없었는지 간신히 떨리는 목소리로 뱉어냈다. 입안에 오래 씹고 있던 질긴 무엇을 그냥 뱉어내듯이.

너희들이 아무리 엄마를 이해해도 너희들은 모르는 네 엄마의 아픈 부분이 있다. 이제 마지막이 되니 너희 엄마는 자기가 정신이 조금이라도 있을 때 그 마지막 기억을 붙들고 싶었는지 모른다.

붙들고 싶어요?

그래, 모든 생각을 놓기 전에 마지막으로 붙들고 싶은 것…….

글쎄, 그게 뭐냐고요?

찬숙 이모는 또 한 번 머리를 흔들었다.

네 엄마는 너희 아버지와 결혼하기 전에…….

결혼하기 전에? 결혼하기 전에라면…….

상대는 소위 첫사랑이라고 할 수 있는 그런 남자였지. 둘은 같은 읍에서 자랐고 동네도 이웃이라 일찍부터 잘 알고 지낸 사이였어. 지금 와서 얘기지만 너희 엄마는 인근 지역에서 소문나게 예쁜 처녀였단다. 그러니 탐내는 남자들이 많았지. 그런 네 엄마가 좋아한 남자도 그래. 처녀라면 누구나 한 번 더 쳐다볼 그런 호남자였거든. 너희 엄마가 스무 살, 남자는 스무다섯 살. 둘은 물불을 가리지 않고 순식간에 빠져들었지. 양쪽 집안이 다 넉넉하지 않아 너희 엄마는 중학교만 졸업했고 그 남자도 고등학교를 졸업하고 도시에 나가 금형 공장에 취직을 하자 둘은 살림부터 차린 거야. 남자는 처음에는 착실했지. 그러다가 공장 일이 끝나면 동료들과 어울려 술을 자주 마셨지. 그냥 술만 마시는 게 아니라 나중에는 노름까지 했어. 심심풀이 삼아 하던 노름 때문에 점점 빚이 늘어났어. 돈을 잃은 날이면 부부 싸움을 하다가 제 성질을 감당하지 못하고 가구들을 마구 집어 던지곤 했는데 그날따라 남자는 제품에 불량이 많다는 이유로 공장장으로부터 호된 질책을 받고 술에 취해 노름판에 끼어들었다고 해. 밤 열두 시가 넘어 술이 엉망으로 취한 남자는 집으로 달려와 미친 듯이 노름 밑천을 찾아 여기저기를 뒤지기 시작했는데…… 그때 너희 엄마는 애를 출산한 지 석 달밖에 안 됐으니 어떤 기분이겠어. 그때도 중고 자개농이 한 자리를 차지하고 있었지. 남들에게 없어 뵈지 않으려고 중고를 들여놨던 게야. 남자는 마침내 저 중고 자개농 구석구석까지 뒤졌어. 그 지경이 되면 눈에 뵈는 게 없는 법이지. 너희 엄마도 악에 받혀 죽기 살기로 덤벼들었고. 그러자 남자는 아내를 후려 패다가 제 성질을 못 이기고 손에 잡히는 대로 집어 던지기 시작한 거야. 아이를 싼 포대기를 이불 뭉치인 줄 알고 그냥 냅다 집어 던진 거지. 그 이불 뭉치는 자개농에 받혔고. 그러고도 부부는 애가 죽을 줄을 몰랐어. 너희 엄마는 반쯤 혼절해 쓰러져버렸고 남자는 다시 노름방에 달려갔거든. 이튿날 늦은 아침에야 너희 엄마가 깨어나 죽은 아이를 발견했지. 너희 엄마는 며칠 동안 제정신이 아니었어. 너무 감당하기 어려운 일이었으니까. 네 엄마가 일찍 봤으면 아이가 살았을지도 몰라. 그게 더 엄마를 괴롭혔어. 반쯤 혼이 나간 너희 엄마는 몸을 떨고 헛소리를 하고 그 애를 한사코 놓지를 않고 끌어안은 채 지냈어. 죽은 걸 인정하지 않은 거지. 그러다 남자가 그 죽은 애를 싼 포대기를 안고 학천에 버린 거야. 그 시절엔 학천 물이 깊고 물살도 빨랐지. 관청에는 아이를 병사로 처리했고 그 시절엔 어린 아이 하나 죽은 게 큰일도 아니었거든. 가까운 사람 몇을 빼면 아이가 급사한 것으로 알고 지나갔어. 그게 이제야 터져 나오다니.

찬숙 이모는 목이 마른지 컵에다 수돗물을 그대로 받아 벌컥 벌컥 마셨다. 나는 아찔하고 어지러웠다. 이게 무슨 소린가? 그렇다면 그 백일도 안 돼 죽은 아이는 내 오빠란 말인가? 그리고 어머니는 오십 년도 전의 그때로 돌아가 있단 말인가? 나는 머리가 터질 것처럼 복잡해졌다. 어머니가 갑자기 오십 몇 년 전의 역사를 내 앞에 툭 던져준 느낌이었다.

그러고는요?

너희 엄마는 남자를 절대로 용서하지 않았지. 아이가 죽고 얼마 지나지 않아 엄마는 집을 나갔고, 식당을 하는 이종사촌 언니네 집에 기숙을 했어. 남자는 일 년쯤 너희 엄마를 찾아와 빌었지만 엄마는 끝내 용서를 하지 않았지. 인물이 좋아 늘 주변에 남자들이 유혹했지만 눈길 한 번 주는 법이 없었다. 식당 일에서 손을 떼고 너희 엄마는 학교 앞 문방구를 하던 시절에 너희 아버지를 만난 거야. 단골인 데다 말 없고 성실한 남자였어. 그런 너희 아버지도 명이 긴 사람은 아니어서 너희들이 제 앞가림을 할 만하니까 사고로 죽었고…… 엄마 혼자서 분식점을 하면서 너희들을 뒷바라지해왔고…… 그런데 너희 엄마도 참…… 이젠 치매라니. 이게 무슨 날벼락이냐?

그날 밤 어머니는 깊고 깊은 잠에 빠졌다. 너무나 고른 숨소리여서 그 잠은 한없이 맑고 정갈한 느낌이었다. 그 옆에서 나는 밤새 불면으로 앉아 있었다. 어머니는 좀처럼 깨어나지 않았다. 자세도 반듯하게 마치 죽은 시체 같았다. 날이 밝아도 어머니는 깨어나지 않았다.

학교에 오늘 출근하지 못한다는 사정을 이야기하고 비로소 몰려드는 잠에 쓰러져 깨어났을 때도 어머니는 눈을 뜨지 않았다. 어머니가 깨어난 것은 이틀날 늦은 오후였다. 깨어난 어머니는 아무것도 기억하지 못했다. 나도 알아보지 못하고 언니도 알아보지 못했다. 완전한 치매, 완전한 백치였다. 그것은 이상한 경험이었다. 어머니지만 어머니가 아니었다. 낯설고 늙은 여자가 아무 이유 없이 그곳에 앉아 있는 것 같았다. 어머니와 우리는 서로 마주 보면서 멍하니 앉아 있었다. 우리는 낯선 사람들처럼 서로 띄엄띄엄 이상한 대화를 나누었다.

식사를 하세요. 엄마.

엄마라니? 내가 왜 당신들 엄마야?

그럼 어떻게 이 집에 어머니가 있겠어요? 그걸 어떻게 설명하시겠어요?

글쎄, 그건 모르겠네.

여긴 엄마 집이고 우리는 엄마 딸이에요.

아니…… 여긴 내 집도 아니고…… 당신들은 나도 모르겠어. 내가 어째서 이 집에 있는지도…… 미안하지만…….

사흘 째부터 우리 자매는 아무것도 어머니에게 확인하지 않았다. 엄마는 그날부터 부지런히 바깥으로 도망할 궁리만 했다. 언니와 나는 어머니를 요양원에 모셔야 한다는 사실에 쉽게 합의를 봤다.

언니와 함께 엄마를 병원으로 모시는 날은 하늘이 맑았다. 엄마는 밖으로 나가 병원에서 진찰받고자 하는 우리 요청에 스스럼없이 응했다. 언니가 차를 운전해 먼저 엄마가 좋아하던 냉면집으로 갔다. 엄마는 먹성 좋게 냉면을 뚝딱 비웠다. 냉면을 먹으면서 언니가 면을 흘리자 엄마는 야야, 네가 뭐 안 좋은 일이라도 있나 하면서 걱정스럽게 말을 건네기도 했다.

그럴 때의 엄마는 우리를 키우던 어릴 때의 억세고도 자상한 엄마의 목소리 그대로였다.

요양병원 1층에 있는 진료실 의사는 젊은 여자였다. 흰 가운을 입은 가정의학과 전문의는 엄마에게 이것저것 물어보았다. 올해가 몇 년도입니까. 지금 계절은 봄, 여름, 가을, 겨울 언제인가요. 제가 말한 승용차, 나무, 구름, 바다를 조금 뒤에 다시 물어볼 테니 말씀해주세요. 질문하는 나는 누구입니까. 여기는 어디입니까. 엄마는 이런 질문에 대답을 하지 못했다. 엄마는 우물쭈물 엉뚱한 말을 하다가 난처하다 싶으면 입을 다물기도 했다. 여기가 병원인 것도, 앞에 앉은 사람이 의사라는 사실도 몰랐다.

의사가 말했다. 치매라기보다 거의 인지능력이 없습니다. 말을 한다든가 밥을 계속 먹는다든가, 어떤 물건에 집착한다는 것은 일종의 본능이고 조건반사일 뿐입니다. 밖으로 나가 돌아다니기도 했다고요? 배회 행동이 있으시군요. 여기 계시면서 처방하는 약 효과를 두고 봅시다.

엄마의 병원 입원은 빠르게 진행되었다. 4층은 중앙에 간호사실과 텔레비전이 놓인 휴게실이 있었고 복도를 사이로 한편에 6개씩 총 12개의 병실이 있었다. 복도에는 허리 높이로 짚고 걷는 손잡이가 설치되어 있었다. 복도와 병실은 역한 냄새로 가득 차 있었다. 변과 오줌과 가래에다 시들어가는 노인의 피부 냄새, 그리고 그 냄새를 없애기 위해 뿌린 소독과 방향제가 뒤섞여 녹녹하고 끈끈한 냄새가 척척 달라붙어 있었다. 간호사의 옷과 차트에도 냄새는 살아 있었으며 빨아서 개어 놓은 환자복도 냄새를 내뿜고 있었다. 어느 병실에서 다투는지 시끄러운 소리가 들렸다. 끙끙대는 신음도 들렸으나 환청인지 귀를 세우자 사라졌다. 엄마가 입원한 415호실은 5인실로 침상 한 곳에 치매 환자, 두 곳에 노환 환자가 누워 있었다. 돌봄 아주머니가 엄마의 옷을 벗기고 흰 환자복으로 갈아입혔다. 엄마는 침대에 앉아 무덤덤하게 시키는 대로 따랐다. 환자복으로 갈아입자 병원 환경에 걸맞은 영락없는 치매 환자로 변해버렸다. 환자 두 사람이 침상에 앉아서 신입 환자인 엄마의 입소 절차를 지켜보고 있었다. 나와 언니는 어머니에게 필요한 생활용품을 사기 위해 병실을 빠져나왔다. 언니는 가게에 바로 가지 않고 대신 승용차 쪽으로 갔다. 운전석에 오르자 언니는 펑펑 눈물을 쏟아냈다.

우리는 한참을 울다가 너무 늦는 것 같아서 서둘러 가게로 갔다. 엄마에게 필요한 속옷과 물병 그리고 생활용품을 샀다. 4층 병실 간호사실로 물건을 전달하려 들어가자 엄마가 입구 휴게소에 앉아 있다 태연히 물었다. 여기 누구를 보러 왔나? 엄마를 보러 왔지만 엄마가 병원에 입원했다는 말을 꺼낼 수가 없었다. 엄마는 여기를 어디로 인식하고 있을까 궁금했지만 두렵기도 했다. 엄마. 여기는 병원이고 엄마 집은 따로 있잖아. 내가 말하자 엄마는 딱 부러지게 말했다. 아니다. 여기가 내 집이다. 내 집은 여기뿐이다. 엄마가 말하는 집이란 언제 적 집일까.

아줌마들은 누구야? 우리는 엄마 딸이잖아. 나는 딸 없다. 좀 있으면 아들이 올 꺼다. 아들? 강에 버려졌던 그 아이를 말하는 것일까. 나는 언니를 쳐다보았다. 언니는 태연하게 말했다. 아들이 뭐하는데요? 형식이는 회사에 다닌다. 어제 개를 봤다. 어디에서요? 학천 다리에서. 내가 집으로 와야 한다고 야단쳤더니 멀어서 그렇다고 미안해하더만. 엄마는 멀리 있는 형식이가 안타까운지 한숨을 포옥 쉬었다. 그런데 당신들은 누구지? 누구 보러 왔지? 하고 어머니가 물었다. 우리는 엄마 딸이잖아요. 내가 말했다. 아니다. 아줌마들은 내 딸이 아니다. 나는 딸이 없다. 그래도 우리는 엄마라고 부를래요. 승낙해주실 거죠? 그래 그래, 나야 좋지. 엄마, 여기 며칠 있어보고 맘에 안 들면 집으로 가요. 나는 엄마 손을 잡고 말했다. 울지 마, 왜 울고 그래? …… 여기가 내 집인데…… 어머니가 밝게 말했다. 뭔가 이상하고 처참하고 이해할 수 없었다. 그러나 그건 엄연한 현실이었다. 우리가 할 수 있는 건 슬퍼하는 것밖에 없었다.

병원을 나서야 할 때였다. 엘리베이터가 서며 휠체어에 탄 환자와 몸 반쪽을 제대로 쓰지 못하는 할아버지가 내렸다. 할아버지 아내처럼 보이는 할머니가 팔짱을 끼고 하나, 두울, 천천히, 라며 할아버지의 발걸음을 이끌었다. 간호사가 와서 어머니의 손을 잡았다. 우리가 엘리베이터에 타자 엄마는 웃음을 지으며 손을 흔들었다. 엄마. 빨리 나아서 집으로 가요.

엄마는 그저 그 농담을 잘 안다는 듯이 더욱 환하게 웃었다.

정광모

부산 출생

2010년 『어서 오십시오, 음치입니다』로 한국소설 신인상을 받으며 작품 활동을 시작했다. 부산대학교를 거쳐 한국외국어대학 정책과학대학원을 졸업했고 저서로 『또 파? 눈먼 돈 대한민국 예산』이 있다.

소설집 『작화중 사내』로 2013년 부산 작가상을 수상

2015년 장편소설로 아르코문학창작기금 수상

2015년 『작가의 드론독서1』, 2016년 장편 『토스쿠』

2016년 소설집 『존슨 기억 판매 회사』, 2017년 『작가의 드론독서2』 발간

:: 산지니 · 해피북미디어가 펴낸 큰글씨책 ::

문학

유산(전2권) 박정선 장편소설
신불산(전2권) 안재성 지음
나의 아버지 박판수(전2권) 안재성 지음
나는 장성택입니다(전2권) 정광모 소설집
우리들, 킴(전2권) 황은덕 소설집
거기서, 도란도란(전2권) 이상섭 팩션집
*2018 이주홍문학상 선정도서

폭식광대 권리 소설집
생각하는 사람들(전2권) 정영선 장편소설
삼겹살(전2권) 정형남 장편소설
1980(전2권) 노재열 장편소설
물의 시간(전2권) 정영선 장편소설
나는 나(전2권) 가네코 후미코 옥중수기
토스쿠(전2권) 정광모 장편소설
*2016 세종도서 문학나눔 선정도서

가을의 유머 박정선 장편소설
붉은 등, 닫힌 문, 출구 없음(전2권)
김비 장편소설

편지 정태규 창작집
*2015 세종도서 문학나눔 선정도서

진경산수 정형남 소설집
노루똥 정형남 소설집
유마도(전2권) 강남주 장편소설
*2018 대한출판문화협회 청소년도서

레드 아일랜드(전2권) 김유철 장편소설
화염의 탑(전2권)
후루카와 가오루 지음 | 조정민 옮김

감꽃 떨어질 때(전2권) 정형남 장편소설
*2014 세종도서 문학나눔 선정도서

칼춤(전2권) 김춘복 장편소설
목화-소설 문익점(전2권) 표성흠 장편소설
*2014 세종도서 문학나눔 선정도서

번개와 천둥(전2권) 이규정 장편소설
*2015 부산문화재단 우수도서

밤의 눈(전2권) 조갑상 장편소설
*제28회 만해문학상 수상작

사할린(전5권) 이규정 현장취재 장편소설
테하차피의 달 조갑상 소설집
*2011 이주홍문학상 수상도서

무위능력 김종목 시조집
*2016 부산문화재단 올해의 문학 선정도서

금정산을 보냈다 최영철 시집
*2015 원북원부산 선정도서

인문

효 사상과 불교 도웅스님 지음
지역에서 행복하게 출판하기 강수걸 외 지음
재미있는 사찰이야기 한정갑 지음
귀농, 참 좋다 장병윤 지음
당당한 안녕-죽음을 배우다 이기숙 지음
모녀5세대 이기숙 지음
한 권으로 읽는 중국문화
공봉진 · 이강인 · 조윤경 지음
*2010 문화체육관광부 우수학술도서

차의 책 The Book of Tea
오카쿠라 텐신 지음 | 정천구 옮김

불교(佛敎)와 마음 황정원 지음
논어, 그 일상의 정치(전5권) 정천구 지음
중용, 어울림의 길(전3권) 정천구 지음
맹자, 시대를 찌르다(전5권) 정천구 지음
한비자, 난세의 통치학(전5권) 정천구 지음
대학, 정치를 배우다(전4권) 정천구 지음